Einaudi. Stile Libero Big

Dello stesso autore nel catalogo Einaudi

È facile ricominciare a fumare

I primi tornarono a nuoto

Giacomo Papi

I fratelli Kristmas

Un racconto di Natale

Einaudi

I fratelli Kristmas è un'opera di narrativa.
Nomi, personaggi, società, organizzazioni, luoghi, eventi e circostanze, qualora non siano frutto dell'immaginazione dell'autore, vengono utilizzati per scopi narrativi. Qualsiasi analogia con persone realmente esistite, vive o morte, con eventi o ambienti reali è da considerarsi puramente casuale.

www.einaudi.it

ISBN 978-88-06-22669-5

I fratelli Kristmas

a M e P

– Sei sveglio?
– No!
– Dormi?
– Sí!

Maddalena aggrottò la fronte. Se suo fratello dormiva come faceva a parlare? Era la notte del 23 dicembre, la stanza era buia e le strisce luminose sul soffitto assomigliavano al sedere di una zebra o alla bocca aperta di un mostro. Pietro, suo fratello, le aveva spiegato che non c'era niente di cui avere paura, quelle forme in bianco e nero erano soltanto le luci della strada che filtravano in camera attraverso la persiana, però adesso lui dormiva e la paura di Maddalena cresceva.

– Ma scusa, Pietro, se dormi come fai a rispondere?

Pietro, questa volta, non ci cascò. Rimase zittissimo. Maddalena si mise in ascolto: in effetti il respiro di Pietro sembrava quello profondo del sonno. Tutto nella stanza era calmo, quando all'improvviso si udirono dei rumori.

Tic. Tac. Tic. Tac. Tac.

Passi nel silenzio, tipo suole sul marciapiede.

Tic. Tac. Tic. Tac. Tac.

Passi lenti e regolari, sempre piú vicini. Forse era uno zoppo. Sembrava il ticchettio di un orologio antico, un topo pazzo che rosicchiava una trave o il battito del cuore di una bambola di pezza. Un brivido le scivolò per il corpo.

– Pietro? Pietroo? Pietrooo? Mi rispondi per favore? Dormi?

– Sí.

– Ma se dormi come fai a parlare?

Aveva alzato la voce.

– Sono un sonnambulo. Uuuuuhhhhhhh…

– Non è vero, non mi fai paura, e poi i sonnambuli non ululano, quelli che ululano sono i lupi mannari.

– E i fantasmi…

– Sí, è vero, anche i fantasmi.

– Allora sono il fantasma di un lupo mannaro sonnambulo. Uuuuuhhhhhhh…

Le faceva quello scherzo da quando erano piccoli, ma adesso che lei era grande la faceva ridere.

– P, scusa…

Lo chiamava sempre P quando voleva intenerirlo.

– … volevo chiederti, secondo te Babbo Natale è già partito?

– Mad, ascoltami: Babbo Natale non esiste, quante volte te lo devo dire?

– Sí che esiste.

– No che non esiste.

– E allora chi porta i regali?

– Sono i genitori.

Rimasero senza parlare per quasi un minuto. La testa di Maddalena pensava a piú non posso, Pietro si voltò a pancia in giú e ribaltò il cuscino per sentire il fresco sulla guancia.

– P, scusa, ma come fa Babbo Natale a consegnare i regali a tutti i bambini del mondo in una notte soltanto? È impossibile. Secondo me parte la sera prima. Almeno. Tipo il 23 dicembre, cioè, adesso. Altrimenti mica ce la fa.

– Infatti non ce la fa: non esiste.

– Ma lui è magico, vola. E ha la slitta con le renne, mica delle scarpe da sfigato come le tue.

– Non sono da sfigato le mie scarpe.

Mad non replicò. Le scarpe da calcio di Pietro erano veramente da sfigato, e lui lo sapeva, quindi non era il caso di insistere. Tant'è vero che per Natale aveva chiesto le iControl Effect Shock modello Gold, scarpe dotate di speciali sensori che garantivano un controllo perfetto del pallone, anche se la mamma aveva detto che costavano una follia. Maddalena, invece, voleva il Libro Magico, l'unico problema era che non esisteva, se l'era inventato da sola. Però era bellissimo: un libro bianco che, se tu ci scrivevi qualsiasi domanda, ti dava la risposta. Ma la sua mamma aveva detto che era impossibile. Maddalena non si era convinta: se Babbo Natale esisteva, come lei le aveva assicurato, allora era magico e se era magico poteva fare qualsiasi cosa, figurarsi regalarle un Libro Magico. Le sue amiche, invece, avevano chiesto l'iPat, il tablet della protagonista del telefilm *Gli amori di Pat*, una cuoca ragazzina che con i suoi piatti faceva innamorare tutti. Il problema era che a lei Pat stava antipatica perché faceva troppe smorfie.

Se la questione del Libro Magico per Babbo Natale sarebbe stata una bazzecola, a preoccuparla davvero era la faccenda del tempo. Per consegnare i regali ai bambini del mondo una notte non era sufficiente, questo era chiaro. Anche perché ognuno riceve qualcosa, perfino i grandi e i poveri, soltanto ai poveri-poveri non arriva mai niente mentre i poveri-e-basta qualche regalo lo prendono. Che poi quanti erano tutti i bambini del mondo? La maestra aveva detto che gli abitanti della Terra sono quasi sette miliardi, quindi a occhio, escludendo gli adulti, Babbo doveva consegnare ALMENO DUE MILIARDI DI REGALI!!!! In una notte! Con la media di uno a bambino. Impossibile. Perfino in due notti. Forse aveva ragione Pietro. Forse Babbo Natale erano i genitori. A meno che…

– Aspetta! Ci sono! Ho capito!

– Sí, figurati. Tu non capisci mai niente.

– Chiedimi come fa Babbo!

– Dài, che ho sonno, Mad.

– Chie-di-me-lo.

– Co-me-fa-Ba-bbo?

– È lo gnomo orologiaio.

– Certo, come no. Lo gnomo orologiaio. E chi sarebbe questo gnomo orologiaio?

– È uno gnomo che abita negli ingranaggi dell'orologio della torre della casa di Babbo Natale. Quando è la sera della Vigilia prende una serie di bastoni, tenaglie e corde, e frena le lancette per rallentare il tempo e consentire a Babbo Natale di consegnare i regali.

– Okay, brava. Però adesso dormi, Mad. È mezzanotte e qui il nano orologiaio non esiste.

– È uno GNOMO, non un nano! Ed esiste. Proprio come Babbo Natale.

– Buonanotte, sorellina.

– Buonanotte, fratellone.

Il signor Perparim Litmanen, figlio di Perpehr e nipote di Perpahr, gnomo orologiaio da tre generazioni, non riusciva proprio a prendere sonno quella notte. Era nervoso e aveva bevuto troppo *schnapps* al mirtillo, un liquore dolcissimo che distillava lui stesso. Appena incominciava ad assopirsi gli veniva voglia di fare pipí. Per un po' faceva finta di niente, nella speranza che la pipí si dimenticasse di lui, ma le pipí non dimenticano e alla fine doveva arrendersi. Era già la terza volta che si alzava. Scostò la pesante coperta di lana, buttò le gambe fuori dal letto e cercò con i piedi le sue ciabatte numero trentadue. Poi si alzò. Il gelo notturno gli penetrava nelle ossa.

Raggiunse il bagno a passetti veloci maledicendo sé stesso per i bicchieri che si era scolato. Era già mezzanotte, e il giorno dopo sarebbe stato il piú faticoso dell'anno. La Vigilia di Natale era sempre stata un inferno, fin dai tempi di suo nonno Perpahr e di suo padre Perpehr, ma quest'anno sarebbe stata anche peggio. Il signor Niklas Kristmas, cioè Babbo Natale, era sempre piú malandato e in giro si diceva che si era già fatto avanti un compratore. I tempi stavano cambiando: molti genitori facevano i regali prima del 25 dicembre portando i figli direttamente nei negozi, e molti bambini chiedevano doni immateriali, da scaricare on-line, aggiornamenti di giochi, o abbonamenti telefonici, tutte cose impossibili da impacchettare e consegnare con la slitta.

Il signor Perparim sospirò sconsolato: l'alcol lo rilassava, ma faceva venire a galla anche la malinconia, a cominciare dal suo cruccio piú grande, non avere avuto figli, nessun erede a cui tramandare il mestiere e i suoi segreti. Lanciò un'occhiata al tavolo da lavoro su cui teneva le foto incorniciate del papà e del nonno. Le generazioni di orologiai si sarebbero concluse con lui.

Mentre faceva pipí, si voltò a osservare gli ingranaggi del Grande Orologio che pendevano dal soffitto e uscivano dalle pareti, ma si accorse che la stava facendo fuori dal vaso, e immediatamente aggiustò la mira. Il giorno dopo non avrebbe toccato nemmeno un goccio. Avrebbe regolato rotelle, alberi e molle motrici, bariletti, bascule e bilancieri, oliato pignoni, ghiere e cricchetti ignorando lo *schnapps*. Guardò la leva azzeratrice, con cui per qualche ora avrebbe pareggiato i fusi orari, immergendo la Terra in un'unica notte indifferenziata. Osservò il conoide e l'arpione da cui dipendeva la rattrapatura, cioè il corretto sdoppiamento cronologico e, dunque, la velocità degli eventi. Era quello il cuore del tempo.

Gli gnomi orologiai custodivano segreti che non potevano svelare a nessuno perché il potere che maneggiavano era talmente pericoloso che metteva paura. Per questo erano sempre stati emarginati. In qualsiasi istante, se l'avessero voluto, avrebbero potuto fermare il mondo poiché il tempo è una spugna che si può comprimere fino al tempo Zero^{+}, cioè all'immobilità quasi totale, ma che di solito è dilatata nel tempo Ordinario, la normale velocità delle cose. In mezzo ci sono tutte le gradazioni possibili. Compito del buon orologiaio la notte di Natale è rallentare o accelerare la corsa degli ingranaggi, stringendoli e rilasciandoli un attimo prima che si spezzino. Una volta, da piccolo, suo nonno Perpahr gli aveva parlato di un altro stato dove, però, nessun orologiaio si era mai arrischiato a spingersi: il tempo Zero^{-}, in cui il mondo si riavvolge all'incontrario.

Finí di far pipí con un senso di sollievo. L'indomani sarebbe andato a letto all'alba, esausto, con i muscoli e le dita indolenziti, ma per Babbo Natale e i suoi aiutanti, anche quell'anno, la notte della Vigilia, che per gli uomini dura quanto una notte normale, si sarebbe allungata come un elastico. Le consegne sarebbero incominciate a mezzanotte in punto e sarebbero terminate alle sei del mattino, ma grazie al suo lavoro e al tempo Zero^{+}, per quelli della slitta ogni ora sarebbe durata un mese intero.

Il signor Perparim Litmanen, figlio di Perpehr e nipote di Perpahr, gnomo orologiaio da tre generazioni, finalmente si tranquillizzò. Tutto avrebbe funzionato a meraviglia. Si sentí perfino fiducioso che sarebbe stata l'ultima pipí della nottata. Tornò a letto di corsa, abbassando la testa per non urtare le rotelle cromate del Grande Orologio, ma sulla via gli venne voglia di fermarsi un istante a guardare fuori dalla finestra. Al di là del vetro la notte nordica si apriva immensa nel cielo e la luna, che risplendeva rotonda, assomigliava a un quadrante illuminato senza lancette, su cui scorra inesorabile il tempo di ognuno. Il signor Perparim osservò di nuovo le foto del padre e del nonno. Anche il signor Niklas invecchiava e nessuno, nemmeno suo nonno, avrebbe potuto evitarlo. A questo non c'era rimedio.

Storia del Natale
piú incredibile della Storia

Capitolo 1

A Ullapoool non volava una mosca, anche perché a venti gradi sotto zero sarebbe morta di freddo. Era l'alba, ma il cielo a rischiararsi non ci pensava nemmeno poiché il 24 dicembre a Ullapoool il sole non sorge. Intorno, la neve pareva cotone. Dai rami dell'immenso abete nero al centro della piazza pendevano come decorazioni decine di animaletti addormentati: porcospini appallottolati, lemming accoccolati, candidi ermellini, scoiattoli scandinavi e civette delle nevi. All'apparenza si trattava di un normale villaggio immerso nei boschi, in realtà era il quartier generale di Babbo Natale, il luogo piú segreto dell'universo, invisibile perfino a Google Maps. Tutti gli abitanti dormivano, preparandosi alla grande fatica del giorno dopo, quando avrebbero finito di impacchettare e caricare la slitta. In quel momento, però, la calma regnava. Anche il vento riposava. C'era solo silenzio.

La quiete fu rotta da uno starnuto cosí tremendo che sembrava il barrito di un elefante marino. Trascorsero sei secondi esatti, poi sulla facciata della casa rossa che delimitava la piazza verso nord si accese una finestrella. Era un edificio quadrato dal tetto spiovente pieno di comignoli, su cui campeggiava il Grande Orologio di Ullapoool. Passarono altri sei secondi e si accese un'altra luce e un'altra ancora, quella della stanza dietro l'Orologio dove il signor Perparim Litmanen si era svegliato di soprassalto e aveva acceso una candela, percependo nell'aria un'improvvisa agitazione. Si strofinò gli occhi cisposi e, dopo avere infilato i piedi nelle ciabatte, si precipitò alla finestra. Vide una figurina magra in vestaglia e berretto di lana che avanzava in direzione della casa rossa a passi veloci ma cauti, per non scivolare sul ghiaccio, reggendo con una mano una lanterna e con l'altra una borsa. Lo gnomo orologiaio lo riconobbe. Era il dottor Kyösti Kallio, l'elfo medico. Si arrestò sullo zerbino e bussò tre volte.

Forse per riscaldarsi, forse per portarsi avanti con il lavoro, si infilò lo stetoscopio nelle orecchie. La serratura scattò, la porta si aprí e sulla soglia apparve la signorina Katerineen Høgli, la migliore amica di Babbo Natale, piú cicciottella che mai, piú sconvolta che mai, e con i capelli piú simili ad asparagi selvatici che mai.

– Che cos'è stato quel ruggito, Katerineen?

– Uno starnuto, dottor Kyösti. Ha la febbre alta, la faccia è rossa come un pomodoro, tossisce come un orco dei fiordi e suda come il muflone del monte Galdhøpiggen.

Il medico annuí con aria grave, mentre la donna si scostava di lato per farlo entrare. In fondo al corridoio, Katerineen spinse una grande porta di legno attraverso cui entrarono in una stanza spaziosa ma disordinata, rischiarata soltanto da candele. Sul pavimento c'era una distesa di giocattoli: palloni, biglie, racchette, freccette, schettini, slitte, scarpe iControl Effect Shock modello Gold e Iridium, cioè oro e arcobaleno, PlayStation, Nintendo, iPhone, iPod, iPad e iPat, soldatini, bambolotti e un'infinità di pennelli, pastelli e matite colorate. La parete affacciata sulla piazza era occupata da un'ampia portafinestra in vetro e ferro battuto; sul lato interno, invece, si stagliava un abete alto fino al soffitto sui cui rami fiammeggiavano centinaia di candeline sotto vetro.

Il dottor Kallio scavalcò un trenino elettrico, un pupazzo a molla e una casa di bambole, poi si inoltrò verso il letto di legno che galleggiava al centro della stanza simile a una zattera alla deriva. Da sotto le coperte spuntava il testone del signor Niklas Kristmas, meglio conosciuto come Babbo Natale, Santa Claus, Kris Kringle, Père Noël, Nonno Gelo, un vecchio ormai obeso e alto piú di due metri, completamente calvo, con una barba bianca lunga ma spelacchiata, il naso gonfio e la faccia paonazza, che in quell'istante dava l'impressione di essere piú morto che vivo. L'elfo dottore fece un altro passo, sempre con circospezione, per non inciampare. Babbo Natale starnutí di nuovo, sollevando in volo decine di fazzoletti di carta ciancicati sparsi sul pavimento. Kyösti Kallio estrasse un termometro digitale dalla borsa e lo infilò in bocca al malato, che borbottò un mugugno incomprensibile.

– Sei ridotto una schifezza, Niklas.

– È solo raffreddore, Kyösti. Rilassati.

Il termometro fece *bip bip bip*.

– Trentanove e otto. Stavolta se parti ci resti secco.

– Ci sono i regali da consegnare, dottore. Hai presente quella cosa che capita una volta all'anno, il 25 dicembre, che viene chiamata Natale, e che consiste nel portare tanti pacchetti a tanti bambini?

Il medico non sorrise e continuò a visitare il paziente, mentre alle sue spalle si stava radunando una piccola folla. Erano entrati senza parlare, uno dopo l'altro. Erano gnomi, nani ed elfi. Erano operai, infiocchettatrici e collaudatori. Erano gli abitanti di Ullapoool. Perfino gli animaletti addobbatori erano scesi dall'albero per venire a vedere il malato. L'intera stanza tratteneva il respiro. Il dottor Kallio finí di misurare il polso al paziente e sgranò gli occhi.

– Non se ne parla, non se ne parla proprio, Niklas, no no no, oggi tu te ne stai a letto buonobuono, ma buonobuonobuono! Io ho delle responsabilità, sono un medico, non posso farti morire. Che cosa credi?

Il vecchio lo fissò con una smorfia di disgusto.

– Cosí i bambini non avranno il Natale, imbecille!

Il dottore si sforzò di mantenersi calmo e di parlare piano.

– Se non mi ascolti, Niklas, non ci sarà piú nessun Natale. E io non voglio passare alla Storia come l'elfo che ti ha ucciso!

– Di raffreddore non è mai morto nessuno, ciarlatano!

Babbo Natale ruggiva. Il dottor Kyösti Kallio starnazzava. Entrambi gridavano. Gli altri li osservavano muti come lucci dei fiordi.

– Niklas, te lo dico chiaro e tondo: hai la pressione alle stelle, il cuore alle stalle, la circolazione in rovina, l'artrite al galoppo, la periartrite, l'artrosi, l'alitosi, la spondilite, l'ernia del disco, l'osteoporosi, le vene varicose, l'ulcera, il gomito del tennista, il ginocchio della lavandaia, l'orecchio da mercante, pochi globuli bianchi, pochi globuli rossi, niente piastrine e zero cervello! QUINDI OGGI TU NON ESCI, È CHIAROOO?

A ogni parola del medico l'espressione del vecchio si faceva piú tesa. Stava per esplodere, era evidente, ma quell'altro non la smetteva di incalzarlo per salvargli la vita. Era una scena che sembrava non dovesse finire mai, poi un urlo risuonò nella stanza.

– BASTAAAA!

I presenti si tapparono le orecchie. La voce di Katerineen era acuta. Assordante.

– Io ti voglio bene, Niklas Kristmas. Ti ho sempre difeso, anche quando avevi torto... E l'hai avuto tante volte. Ma Kyösti ha ragione, oggi tu non uscirai di casa. E non consegnerai i regali di Natale.

– Ma Katerineen, i bambini...

– Ascoltami bene, Niklas Kristmas...

Il tono della donna si fece suadente.

– ... se tu muori adesso, morirà il Natale. È questo che vuoi?

Dal pubblico in sala si levò un mormorio di approvazione, ma Katerineen non si fece distrarre. Niklas si strinse nelle spalle e sporse all'infuori il labbro inferiore come un bambino.

– Hai altre soluzioni, Katerineen?

– Per come si sono messe le cose, vedo soltanto due possibilità.

Niklas chiuse gli occhi. Katerineen si sforzò di parlare lentamente.

– La prima è rimandare il Natale di qualche giorno...

– Ma ti sei bevuta il cervello?! Non se ne parla! Allora, già che ci siamo, facciamo il Natale ad aprile ché fa piú caldo, brava! Magari insieme alla Pasqua, per risparmiare. Oppure, mi è venuta un'idea: chiediamo un favore ai Re Magi, che ne dici?

– La seconda è incaricare della consegna qualcun altr...

– ALLORA TI SEI PROPRIO RINCITRULLITA, rimbecillita, rimbesuita, rimbambita, rin...

Il pubblico ammutolí. Katerineen riprese, sempre calma e paziente.

– Dammi retta per una volta, Niklas. I bambini non sanno chi gli porta i regali, non l'hanno mai saputo, la magia del Natale sta anche qui. Sfruttiamola, questa possibilità. È un'emergenza. I bambini saranno felici lo stesso, tu guarirai e il Natale continuerà a esistere piú bello di prima... In fondo è solo un altro trucco di magia. Ne facciamo già tanti...

Niklas esitò sospirando, poi scosse la testa.

– Non c'è nessuno che possa farlo al posto mio, Katerineen. A meno che tu…

– No, Niklas, non ci pensare, il mio posto è qui accanto a te e poi con la mia colite è fuori discussione. Non vorrei dover correre in bagno mentre consegno, pensa che figura…

Il medico annuí, anche Katerineen era una sua paziente. Niklas dissentí.

– Allora devo andarci io. Non ci sono altre possibilità.

Babbo Natale fece il gesto di alzarsi, ma Katerineen gli appoggiò una mano sulla spalla per tenerlo a letto.

– Io invece penso di sí, Niklas. Una possibilità ce l'abbiamo.

– E chi sarebbe? Sentiamo. La Befana? Non penserai mica che quella vecchia bacucca…?

– Penso a tuo fratello Luciano.

Un coro di «eeeh?», «cosa?», «chi?» serpeggiò per la sala. Niklas si lasciò crollare all'indietro, esausto e sconsolato.

– Ma se non lo vedo da cinquant'anni, Kate.

– E allora? Non è una buona ragione.

– Ma, Katerineen, mio fratello lo sai com'è! Lo sai come la pensa!

– Lo so, Niklas. Ma che c'entra? Onesto lo è?

– Be' sí, onesto è onesto…

– Le lingue le sa?

– Sí, tutte quante.

– È anche un gran lavoratore…

– Be', in effetti…

– E allora che cos'ha che non va?

– È un uguagliatore, Katerineen!

– Tu vedi alternative, compagno?

Capitolo 2

– Mamma, che cos'è un uguagliatore?

La bambina tirò per la sottana la madre, che le fece segno di stare zitta. Erano entrambe minuscole, intorno al mezzo metro di altezza. Il padre, poco piú in là, svettava nello splendore dei suoi ottantadue centimetri. Erano nani delle isole Fær Øer, i piú piccoli del mondo, impacchettatori per tradizione e maledettamente fieri di esserlo. La madre si chinò verso la figlia per bisbigliarle qualcosa all'orecchio.

– Astrid, bambina mia, gli uguagliatori sono persone proprio come noi, soltanto che credono…

Lasciò a metà la frase perché la stanza d'improvviso tacque e la sua voce, per quanto flebile, risuonò nel silenzio. Perfino il signor Kristmas, Babbo Natale, si era girato. Gli avevano appena portato un telefono e aveva bisogno di concentrarsi prima di chiamare suo fratello Luciano. In grembo teneva un'agenda di cuoio consumato e continuava ad accarezzare la coperta in pelliccia di orso bruno[1] con le manone avvolte in guanti di pelo di

[1] Per scrivere questo libro nessun animale è stato ucciso, ferito o in alcun modo maltrattato. L'orso bruno in questione si chiamava Gudrun e visse nella foresta di Ullapoool. Morí d'infarto all'età di trentasei anni mentre cercava di scalare un acero norvegese per rubare un cavo di miele alle api. Lasciò detto alla moglie di donare il suo corpo a Niklas Kristmas.

lemming[2]. Sembrava indeciso. Dopo aver tratto un respiro profondo, aprí l'agenda per cercare il numero. Katerineen, seduta sul bordo del letto, controllava che ogni cosa procedesse come doveva. Il vecchio imprecava, sputacchiava e starnutiva. Faceva tenerezza. Non essendosi tolto le manopole, gli veniva difficile girare le pagine. Si vedeva quant'era emozionato.

– Non c'è, Katerineen, l'ho perso.

– Ma sí che c'è, Niklas. Cerca bene.

– Ma se non è sotto la *l* di Luciano, dove può essere?

All'improvviso, la sua faccia si illuminò. Si era ricordato, e si mise quasi a piangere dalla contentezza.

– Eccolo! Lo sapevo, lo sapevo.

Katerineen si sporse a sbirciare, e si voltò sorridendo verso i presenti.

– Stava sotto la *f* di fratello, ovviamente.

Katerineen lo fissò con dolcezza.

– Ma certo, ovviamente...

Il vecchio compose il numero. Intorno al letto erano radunati i suoi collaboratori piú stretti, che accostarono le teste come fiori di una corona funebre. Nessuno aveva l'aria felice e tutti guardavano il vecchio senza simpatia. Per qualche secondo Babbo Natale rimase in attesa, poi la sua bocca si increspò e il corpo fu percorso da una specie di tremito, prima di passarsi la lingua sulle labbra e deglutire.

– Pronto? Luciano?

[2] Un mattino d'estate un gruppo di bambini nani decise di andare a pescare a Ugrayt, un lago circondato da altissime scogliere non lontano da Ullapoool. Al momento di buttare le lenze si accorsero che sulla spiaggia, tra i ciottoli, erano spiaccicati i cadaveri di novantotto lemming. Le bestiole si erano sfracellate al suolo nelle pose piú strane. I loro corpi, a parte le ferite provocate dalla forza di gravità, non recavano segni di violenza. Le indagini non portarono a niente. La vicenda fu archiviata come un caso di suicidio collettivo, anche se a tutt'oggi i motivi del gesto rimangono ignoti.

Capitolo 3

– Sei sveglia?

Maddalena si voltò brontolando sull'altro fianco. Pietro le avvicinò le labbra ai capelli, cercando di abbassare al minimo la voce.

– Svegliati, Mad. Sono le nove e mezza.

La bambina seppellí la testa sotto il cuscino. Pietro sbuffò. Svegliarla era sempre un'impresa. Decise di concederle qualche altro minuto. Sarebbe tornato all'attacco dopo essersi lavato i denti. Entrò in bagno. Nello specchio la sua faccia lo scrutava. A volte gli sembrava quella di un altro. Si stava trasformando, gli era spuntata anche un po' di peluria sul labbro superiore. Non ci era ancora abituato. Si studiò i lineamenti, i grandi occhi azzurri tagliati all'ingiú e le sopracciglia all'insú, il naso che ogni giorno diventava piú forte e gli zigomi piú alti. Si osservò i capelli, aveva deciso di farli crescere davanti. Chissà se era bello o brutto. Non ne era sicuro. Si mise a fare delle smorfie, giusto per tenersi in allenamento, ma si stufò presto e rientrò in camera a svegliare Maddalena che, come al solito, dormiva ancora. Le sue lentiggini erano visibili anche in penombra.

– Dài, svegliati, Mad. È tardi.

Lei fece un altro grugnito.

La loro camera era un sottotetto all'ultimo piano. I letti affiancati stavano sulla parete interna, mentre sul lato opposto il soffitto scendeva verso una portafinestra che dava su un piccolo terrazzo. Pietro, scalzo e ancora in pigiama, la aprí e nella stanza entrarono un raggio di luce e il gelo di dicembre. Si infilò di corsa sotto le coperte con Mad, lo facevano sempre da piccoli, ma adesso che lui aveva compiuto dodici anni non gli veniva piú, anche se lei, ogni volta che aveva paura, gli chiedeva se potevano dormire attaccati. Mad schiuse gli occhi verdi ancora lucidi di sonno e per prima cosa sorrise, ma subito dopo si ricordò che doveva essere arrabbiata, e cosí fece il broncio.

– Perché non mi lasci dormire, P?

– Perché è la Vigilia di Natale, Mad.

Mad si rannicchiò. Non erano affari suoi se era la Vigilia di Natale.

– La mamma si è svegliata?

– No, non ancora. Mi aiuti? Volevo prepararle la colazione.

Lei si sollevò su un gomito e sbadigliò. A Pietro venne da imitarla, ma come sempre lo sbadiglio gli si bloccò in gola. Gli capitava spesso. Era quasi un tic. Spalancava la bocca, sentiva lo sbadiglio rincalzarsi sul palato, poi sul piú bello, appena prima di scivolare sulle tonsille e richiudersi, il movimento gli si piantava a metà lasciandolo lí come uno scemo, a bocca aperta.

Strappò via le coperte e, per il freddo, Maddalena scattò fuori dal letto, gridando e protestando. Corsero a mettersi le vestaglie di lana scozzese a scacchi rossi e blu, identiche, che gli aveva regalato la nonna Ada. Erano stati con lei la sera prima perché la mamma era uscita a cena per lavoro ed era tornata quando loro dormivano già.

Richiusero la finestra e si spostarono in cucina. Pietro preparò sia il caffè che il tè, perché alla mamma piaceva scegliere ogni mattina, poi mise sul fuoco il pentolino con il latte per la sorella. Maddalena apparecchiò: si ricordò delle tovagliette, ma dimenticò le posate, pensò alle tazze, ma ignorò bicchieri, zucchero, miele e biscotti. L'orologio sul muro segnava già le dieci meno cinque. Mad, irritata, finí svogliata di portare le ultime cose.

– Andiamo a svegliarla?

Pietro sbadigliò di nuovo, ma anche questa volta lo sbadiglio non andò né su né giú, e per non restare lí a bocca spalancata, si avviò verso la camera della mamma.

– Sí, non è troppo presto.

Entrarono in punta di piedi. La luce che filtrava attraverso le tapparelle illuminava appena il lettone dove qualche volta la mamma gli permetteva ancora di dormire. Il suo respiro lieve riempiva lo spazio. Negli ultimi tempi era nervosa. Era bello guardarla riposare. Mad si avvicinò al letto e sgattaiolò sotto le coperte con lei. Le diede un bacio sulla guancia, e la mamma fece un mugolio e una specie di sorriso.

– Svegliati, mamma. Ti abbiamo fatto la colazione.

Pietro tirò su le tapparelle. Fuori c'era un sole chiaro, quasi bianco. La mamma aprí gli occhi e sorrise di nuovo. Sui vetri si era formato del ghiaccio. Il giorno dopo forse sarebbe nevicato, e loro un Natale con la neve non lo avevano ancora vissuto.

Capitolo 4

Dal corridoio giunse un frastuono. Tutti si voltarono. Era crollato qualcosa di pesante. La porta si aprí e nel vano illuminato si disegnò il profilo di un uomo incredibilmente magro e inverosimilmente alto, con gli occhi e i capelli del colore delle tenebre, e insieme lucenti, la barba nera a strisce bianche. Il naso era tanto dritto e affilato che pareva un coltello. Fissava la scena immobile con i suoi occhi acuminati e indossava un vestito di velluto rosso fuoco identico a quello di Babbo Natale, solo che aveva i risvolti neri invece che bianchi. Alle sue spalle, per terra, giaceva l'attaccapanni che aveva abbattuto. Nessuno ebbe il coraggio di fiatare. Fece un passo in avanti, ma qualcosa andò storto di nuovo perché incominciò a volare – il corpo all'indietro, le braccia a mulinare nell'aria, la bocca aperta in un'espressione sconvolta – fendendo la folla, che si scostò per non farsi travolgere. Per sbaglio aveva posato il piede su uno skateboard ed era stato scagliato a tutta velocità dentro l'albero di Natale. Quando riapparve abbracciato dai rami dell'abete, le candeline gli avevano incendiato la barba. Il dottor Kyösti Kallio, pur sconcertato, si precipitò a soccorrerlo e a spegnere il fuoco. Astrid, la nana bambina, si era buttata per terra dal ridere.

Non appena fu ristabilita la calma e l'incendio fu domato, quello strano tipo si ripulí le ginocchia e si mosse in direzione del letto di Niklas, che spalancò le braccia per accoglierlo.

– Luciano! Vieni qui, fatti abbracciare.

Non si vedevano da cinquant'anni. Fu una scena commovente. La piccola Astrid fece un applauso (i nani delle Fær Øer in genere sono molto entusiasti), ma avevano gli occhi lucidi in tanti, anche perché quasi nessuno avrebbe scommesso una cicca sul fatto che Luciano avrebbe accettato. Per convincerlo Niklas aveva dovuto penare e pregare, arrivando perfino a chiedergli scusa, ed era la prima volta in vita sua che chiedeva scusa a qualcuno, ma suo fratello minore era stato irremovibile. Continuava a fare l'offeso, anzi a esserlo. Alla fine, per disperazione, il vecchio aveva giocato la sua ultima carta.

«Luciano, fallo per la mamma. Le hai promesso che non mi avresti mai abbandonato».

E adesso che il signor Luciano era lí e i due fratelli si erano ritrovati, la distanza accumulata in decenni si scioglieva in un unico, lunghissimo abbraccio. Katerineen tirò su con il naso commossa, avviandosi verso l'uscita, dopo aver mormorato un ordine che non ammetteva repliche: – Lasciamoli soli.

Il dottor Kyösti Kallio fu il primo a seguirla, non prima di aver lanciato un'ultima raccomandazione.

– Dottor Luciano, per favore, non lo strapazzi. Suo fratello ha bisogno di tanto riposo.

S'intromise Olaf Sparv, l'elfo consigliere, un tale che aveva sempre un tono stizzito.

– La partenza è fissata a mezzanotte in punto. Cerchi di essere puntuale.

La stanza andò svuotandosi. Il dottor Kallio, un passo dietro Katerineen, si fissava la punta dei piedi. Il suo divieto aveva prevalso, ma era consapevole che da quel momento a Ullapoool tutto sarebbe cambiato. Un'èra finiva, inutile dirsi bugie: il titolare era vecchio e la vecchiaia è una malattia che non si può curare. Ben presto si sarebbe rifatto vivo Panicus Flynch, il boss della FunFanFun™, il piú grande giocattolaio del mondo, e questa volta sarebbe stato piú difficile rifiutare la sua offerta. La piccola Astrid afferrò la mano del suo papà, contenta che i due fratelli avessero fatto pace.

Camminavano tutti lentamente, riprendendosi dallo shock dello scampato pericolo. Soltanto Perparim Litmanen, lo gnomo orologiaio, si affrettò verso la sua stanza. Era appena mezzogiorno, ma il Natale si preannunciava piú infernale del solito. Non c'era da perdere neppure un minuto. Bisognava mettersi subito al lavoro, allentare gli ingranaggi e stringere i bulloni, altrimenti a mezzanotte il tempo non sarebbe stato abbastanza elastico per essere rallentato e il signor Luciano non sarebbe mai riuscito a fare le consegne. Gli avrebbe dato il «sincrorologio», all'apparenza un normale orologio da polso, grazie a cui però la slitta e i suoi passeggeri sarebbero stati avvolti dal tempo del Grande Orologio. Gli avrebbe anche spiegato che non avrebbe dovuto toccare nessuno, perché il tempo si trasmette per contatto e se avesse accarezzato, baciato sulla fronte o anche solo sfiorato un bambino addormentato, lo avrebbe attirato dentro il tempo del Natale, mettendo a rischio la sua segretezza.

Lo gnomo orologiaio superò un gruppetto che confabulava a pochi metri dall'uscita. Erano i massimi dirigenti di Ullapoool: Olaf Sparv, l'elfo consigliere, alto e sottile, Aimo Kivimäki, il capo degli gnomi grassi, cioè gli impiegati del Natale, un tizio obeso e rosso di capelli sempre sudato, la dottoressa Pippa Propp, assistente di Kivimäki, prosperosa e burrosetta, Ralf Rattus, il troll informatico, un ex hacker basso e pelosissimo che gestiva i computer di Ullapoool, e infine Jonas Kolka, il folletto logistico, il responsabile delle consegne, uno con una faccia che vista una volta non te la ricordavi mai piú. Sembravano arrabbiati: un uguagliatore in quel posto non si vedeva da un secolo e non si sarebbe dovuto vedere di nuovo. Avrebbe portato soltanto rovina. Per non farsi sentire parlavano a bassa voce e si guardavano intorno con la coda dell'occhio (gli occhi hanno la coda come i topi?) Olaf Sparv sibilò sopra le teste degli altri.

– Chi-Sapete-Voi diventerà furioso.

Somigliava a una giraffa cattiva.

Capitolo 5

La bisnonna Isolina mangiava da ore, ma non dava segni di cedimento. Pietro non riusciva a staccarle gli occhi di dosso. Non esprimeva emozioni, né di disgusto né di piacere, semplicemente mangiava. Le sue mandibole anziane avevano macinato antipasti, primi, secondi, terzi, quarti, quinti e sesti, contorni di verdura, pasticci di carne, insalate di pollo e carpacci di pesce, torte dolci e salate, pandori, panforti e panettoni, tiramisú, torroni, budini e cannoli, noci, nocciole, pistacchi e datteri, mandarini e fichi secchi, cioccolati, bianchi e marroni. La bisnonna Isolina era una vecchietta ossuta e mingherlina, che non parlava quasi, ma che a tavola diventava implacabile. Mai un'accelerazione, un sussulto, un singhiozzo, uno schiocco di lingua. Al cenone della Vigilia niente e nessuno poteva fermarla.

Pietro sbirciò Maddalena che gli sedeva di fronte. Avevano un dubbio: come faceva a starci tutta quella roba dentro la bisnonna Isolina? Dove scomparivano quelle montagne di cibo? La vecchia si lanciò in bocca l'ennesimo pasticcino, il trentacinquesimo, e a quel punto i due bambini scoppiarono a ridere, immaginando che da un momento all'altro, pur di sgranocchiare ancora qualcosa, si sarebbe accovacciata a rosicchiare le gambe del tavolo.

– Pietro, vuoi dirci che c'è di tanto divertente?

La nonna Ada era una donna che si sentiva viva solo se era utile a qualcuno, e si sentiva utile solo se un dramma era in corso. Quindi se qualcuno rideva si innervosiva da matti. Quando la mamma e il papà si erano lasciati e il papà se n'era andato di casa, aveva chiamato in disparte il nipote per dirgli con un tono da cui traspiravano tempeste d'angoscia: «Mi raccomando, da ora sei tu l'ometto di casa». In quell'istante Pietro, che aveva cinque anni, aveva sentito un buco scavarsi in mezzo allo stomaco, proprio al centro, nel punto esatto in cui il torace finisce e incomincia la pancia. E la biglia di vuoto era rimasta lí da quel giorno, immobile, quasi sempre silenziosa e in disparte, anche se a volte si manifestava, soprattutto nei giorni in cui sbadigliare diventava una tortura. Anche per questo, forse, P ci godeva a farla imbestialire. Alzò le spalle, ma per prudenza abbassò gli occhi. La nonna lo fissava in attesa di risposta.

– Allora, Pietro? Vuoi dirci perché ridevi?

La mamma intervenne in sua difesa.

– Che male c'è se ride?

La nonna Ada, pur continuando a deplorare il buonumore del nipote, non replicò e ricominciò a parlare con la prozia Alberta, che si strisciò un polpastrello sulle gengive per pulirle dal cibo, convinta di essere diventata invisibile. La bisnonna Isolina, ignara di tutto, passò al crème-caramel. La mamma sorrise a Pietro, poi chiuse gli occhi. Era sempre ansiosa. A volte lui aveva la sensazione che sapesse che stava per accadere qualcosa di brutto, ma non ne volesse parlare. Ricacciò indietro il pensiero, e sentí di nuovo l'impulso di sbadigliare. Il papà si era fidanzato con un'inglese, Brenda, ma anche la mamma aveva avuto dei fidanzati, non poteva essere solo quello.

Pietro ricambiò il sorriso, ma distolse lo sguardo, poi passò in rassegna le facce intorno alla tavola. La nonna e la prozia parlavano fitto, probabilmente male di qualcuno, la bisnonna aveva fatto sparire il crème-caramel e Mad lo stava guardando con gli occhi allegri, in attesa che si inventasse qualcosa di divertente per lei. Pietro, fulmineo, spalancò la bocca e ci ficcò dentro un marron glacé che andò a fare compagnia alla fetta di salame e al raviolo che aveva tenuto nascosti mentre la nonna lo sgridava. Masticò furiosamente per qualche secondo, trasformando il tutto in una poltiglia rossastra, compatta e bagnata, che con una rapida apertura mostrò a sua sorella. Mad gridò inorridita, ma subito le si illuminarono gli occhi.

– Pietro! Nonna! Bisnonna! Zia! Mamma! Ho capito come fanno a starci dentro un'unica slitta tutti i regali di Babbo Natale!

Aveva trovato la soluzione al secondo problema che la tormentava da giorni.

P, con la bocca ancora piena, parlò.

– Daddadena, duante dolte de lo devo dile che Daddo Dadale dod edisde?

La nonna gridò.

– Non parlare a bocca piena, Pietro!

Alla mamma venne da ridere, ma si trattenne.

Maddalena era cosí eccitata che non attese repliche.

– È semplice! Il baule della slitta è elastico come la pancia di un ciccione che dentro ci sta tutto il cibo che vuoi, se vuoi!

La bisnonna Isolina la contemplava senza capire, ormai era quasi sorda e aveva gli occhi offuscati dal cibo, quindi si strinse nelle spalle e per non saper che fare si infilò in bocca un cetriolino sott'aceto.

Capitolo 6

Intorno alla grande slitta, mezz'ora prima della partenza, si presentarono tutti gli abitanti di Ullapoool: nani, gnomi, elfi, folletti e due giganti alti quattro metri ciascuno, i gemelli Jukka e Pukka Lehtovara, ultimi esemplari di *hrímpursar*, i giganti di brina, gloriosa stirpe nordica dotata di forza sovrumana, che arrivavano a Ullapoool una volta all'anno, il 24 dicembre, da una capanna nascosta nel folto della foresta per sistemare i regali dentro la slitta. Già da tre ore spingevano pacchi, pacchetti e pacchettini, e benché dall'esterno il bagagliaio apparisse normale, dentro ospitava una grotta infinita capace di contenere qualsiasi oggetto in qualsiasi quantità immaginabile.

Erano venuti perfino i porcospini, le volpi bianche e gli altri animaletti addobbatori. Come ogni anno la slitta sarebbe partita a mezzanotte dalla piazza del paese, dieci metri alla destra del Grande Abete e quindici alla sinistra del Piccolo Pozzo in fondo al quale era rinchiuso Gulon, il mostro mangiaregali, una creatura deforme il cui corpo consisteva in un'immensa bocca sdentata e in un lungo tubo digerente, cui ogni anno venivano buttati i regali che i bambini cattivi non avrebbero mai ricevuto.

Quanto a Luciano Kristmas, era stato preso in consegna dai dirigenti di Ullapoool, i collaboratori piú stretti del fratello – Olaf Sparv, Jonas Kolka, Aimo Kivimäki e Pippa Propp – che lo stavano istruendo sul da farsi, offrendo raccomandazioni e consigli. Lui li guardava dall'alto in basso perché gli arrivavano soltanto all'ombelico. Qualche metro piú in là, Katerineen roteava le mani nell'aria confabulando con Efisio Fois, altrimenti detto il nano picchiatore, un tizio piuttosto brutto che avrebbe affiancato Luciano nella consegna con l'incarico di sventare furti ed eventuali altre spiacevolezze. Fois quasi non possedeva una fronte, per quanto era bassa. In compenso possedeva due minuscoli occhi neri molto distanti tra loro, pressoché sulle tempie, ma vispi come vespe, e sopracciglia che parevano spazzole di ferro per pulire le pentole incrostate di grasso. Katerineen intrecciò le dita per pregarlo.

– Mi raccomando, signor Efisio, siamo nelle sue mani.

– Allora siete messi bene, signora...

Un po' in disparte Perparim, già sporco di grasso e con una chiave inglese infilata nella tasca posteriore dei calzoni, stava ritto come un soldatino stringendo un cofanetto blu nella mano sinistra, in attesa del suo turno.

L'attenzione generale era rivolta altrove. La folla si aprí per far passare il signor Niklas Kristmas, che avanzava su una sedia a rotelle sospinta dal dottor Kyösti Kallio. Il medico aveva dovuto cedere ai suoi capricci, portandolo alla partenza. Luciano fece un passo verso il fratello. La piccola Astrid, che non si lasciava sfuggire niente, vedendolo cosí alto e ingobbito, pensò che assomigliava a un gancio, a un amo, a un punto interrogativo, e si domandò di nuovo che cosa volesse dire uguagliatore, la mamma alla fine mica gliel'aveva spiegato. Niklas ricominciò a tossire. Luciano attese che le convulsioni si calmassero e si chinò ad abbracciarlo. Rimasero stretti. Poi il minore si rimise in piedi e parlò. Aveva la voce rauca, sembrava che non la usasse da anni.

– Tu pensa a guarire, Nik, mi raccomando.

– E tu, Lucy, non fare il pazzo come al solito. Niente iniziative personali. Promettimelo.

Luciano ci pensò su, poi scosse la testa e gracchiò.

– Ho fatto una sola promessa in vita mia, quando ho giurato alla mamma che mi sarei preso cura di te, e guarda in che casino mi sono cacciato!

La risata di Nik produsse il rumore di una cascata di sassi. Per compiacerlo, scoppiò a ridere anche Aimo Kivimäki, il capo degli gnomi grassi.

Sparv toccò il gomito di Luciano. Era giunta l'ora di partire. Pippa Propp richiamò Efisio Fois, il nano picchiatore, e tutti insieme li sospinsero lentamente, ma in modo inesorabile, verso la slitta maestosa davanti a cui i folletti maniscalchi avevano appena terminato di attaccare quattro magnifiche renne. Jukka e Pukka, i due giganti *hrímpursar*, infilarono nel baule l'ultimo pacchettino e si batterono il cinque cosí forte che la vibrazione fece tremare i rami dell'abete. Un po' discosto, al riparo di una colonna, Aimo Kivimäki, lo gnomo grasso, rosso carota qual era, parlava al telefono coprendosi la bocca con la mano affinché nessuno capisse dai movimenti delle labbra quello che stava dicendo. Il signor Perparim Litmanen si mosse, era arrivato il momento di farsi avanti. Raggiunse Luciano e gli porse il cofanetto blu.

– Le affido il sincrorologio, signor Luciano. Lo allaccerà appena la slitta si staccherà da terra e lo toglierà quando ritornerà a Ullapoool, mi raccomando. Le consentirà di muoversi in un tempo diverso rispetto a quello Ordinario, e consegnare tutti quanti i regali.

Luciano Kristmas, allampanato e scuro com'era, si osservò il polso ossuto e prese il sincrorologio dallo gnomo orologiaio che continuava a istruirlo.

– Ma dovrà toccare soltanto le renne e il signor Fois. Nessun altro, mi raccomando, perché il tempo si trasmette per contatto e chiunque, se toccato, verrebbe trascinato nel tempo del Grande Orologio.

Pronunciate queste parole, lo gnomo salutò e corse via. La manona di Luciano si sollevò per poi posarsi, con lentezza quasi imperiale, sulla groppa delle renne e sul testone del nano picchiatore.

Intorno la gente applaudiva. I signori Luciano Kristmas ed Efisio Fois, eccezionalmente incaricati della consegna dei doni a causa dell'indisposizione del dottor Niklas Kristmas, presero posto fianco a fianco in carrozza, dopo essersi sistemati sulle ginocchia svariati strati di pelliccia[3]. Luciano allacciò il sincrorologio.

La luna piena disegnava sul terreno un intrico di ombre filiformi. Erano le ventitre e cinquantanove minuti. Ma il signor Perparim Litmanen era già al suo posto, nella stanza del Grande Orologio. Abbassò la leva azzeratrice, grazie alla quale la slitta avrebbe viaggiato senza fusi orari, passando di notte in notte, poi gettò un'occhiata fuori per seguire quello che accadeva in piazza, oltre la sua finestra. Vide le renne sollevarsi da terra e sparire nel cielo, e dubitò che quei due ce l'avrebbero mai fatta.

[3] Secondo la leggenda, le celeberrime coperte di Babbo Natale sono realizzate cucendo insieme le pelli degli ultimi esemplari delle specie animali estinte in Europa. Sarebbe l'animale in persona, sentendo la morte approssimarsi, a chiedere a Babbo Natale di prendersi il suo mantello. Da un calcolo a spanne, per difetto, e attenendosi rigorosamente all'elenco di Wikipedia (tranne una specie: trova l'intrusa!), si può dunque affermare che le famose coperte di Babbo Natale sarebbero realizzate in pelo delle seguenti specie, elencate in ordine sparso: bisonte del Caucaso (Bison bonasus caucasicus), bisonte ungherese (*Bison bonasus hungarorum*), uro (*Bos primigenius bojanus*), alce del Caucaso (*Alces alces caucasicus*), stambecco portoghese (*Capra pyrenaica lusitanica*), stambecco dei Pirenei (*Capra pyrenaica pyrenaica*), elefante nano di Tilos (*Elephas antiquus falconeri*), tarpan (*Equus ferus ferus*), asino europeo o encebra (*Equus hydruntinus*), ghiro gigante di Maiorca (*Hypnomys morphaeus*), ghiro gigante di Minorca (*Hypnomys mahonensis*), lepre di Maiorca (*Lepus granatensis solisi*), lince sarda (*Lynx lynx sardiniae*), capra delle caverne balearica (*Myotragus balearicus*), cervo gigante irlandese (*Megaloceros giganteus*), cervo nano cretese (*Megaceroides cretensis*), cervo nano cretino (*Megaceroides cretinis*), toporagno gigante balearico (*Nesiotites hidalgo*), toporagno gigante sardo (*Nesiotites similis*), leone europeo (*Panthera leo europaea*), tigre del Caspio (*Panthera tigris virgata*), pika corso (*Prolagus corsicanus*) e pika sardo (*Prolagus sardus*).

Capitolo 7

– Ti devo confessare una cosa, nano.

– Confessamela, uomo.

– Ho paura di volare. L'ho sempre avuta.

– Le renne non cadono, tranquillo, uomo.

– C'è sempre una prima volta, nano.

La prima renna lo fulminò. Le altre tre fecero i musi offesi. Si chiamavano Olga, Elga, Elda e Ilda, ed era facile confonderle perché erano gemelle. Il nano Efisio Fois sbirciò di lato il suo strano compagno di viaggio, che stava rimirando il suo nuovo orologio da polso: anche da seduti, il nano non gli arrivava alla spalla.

– Non contrariare mai una renna, uomo. Sono molto permalose.

– Sí, nano, e magari sanno anche parlare.

– Solo se hanno qualcosa di interessante da dire.

La prima renna si voltò soddisfatta. Efisio incrociò le braccia sul petto e Luciano corrugò la fronte. La sua barba nera striata di bianco vibrava smossa dal vento. Per un po' non dissero niente, ognuno immerso nei propri pensieri. Di tanto in tanto Luciano si sporgeva a guardare di sotto, ma lo faceva con cautela, si vedeva che aveva paura. La slitta volava sul mare di Botnia. Laggiú, nel buio su cui rimbalzavano i raggi della luna, si vedevano le luci dell'isola di Hailuoto, e quelle di Oulu e Luleå, e il mare assomigliava a un prato nero cosparso di petroliere e pescherecci, banchi di merluzzi e isolate balene.

Efisio Fois si rianimò.

– Posso farti una domanda, uomo?

– Fammi la domanda, nano.

– Perché hai accettato?

Luciano sospirò.

– Perché, se non me ne fossi andato cinquant'anni fa, le cose andrebbero meglio.

Davanti, le renne annuirono in sincrono.

– Posso farti un'altra domanda, uomo?

– Fammi l'altra domanda, nano.

– Dicono che sei un uguagliatore.

– Dicono anche che sei un nano picchiatore.

– Qualche volta, in effetti, mi è capitato di menare le mani.

– Anche a me, qualche volta, in effetti...

– Credevo che gli uguagliatori non esistessero piú. Non vi eravate estinti?

– Molti credono che non esista neppure Babbo Natale, figurati.

Efisio Fois fece sí con la testa.

– Non c'è piú religione... Posso farti ancora una domanda, uomo?

Luciano sollevò gli occhi al cielo.

– Fammi ancora una domanda, nano. Sei curioso.

– Che cos'è un uguagliatore?

In quel momento le quattro renne, ignorando che l'aria è leggera e la forza di gravità inflessibile, virarono di colpo verso Kokkola e immediatamente dopo a est, in direzione di Ulmeå, poi di nuovo a ovest alla volta di Vaasa. Galoppavano nel cielo sempre piú scuro, ma per divertirsi a terrorizzare il nuovo passeggero avevano deciso di farlo a zig-zag. Luciano urlò, aggrappandosi alle maniglie della slitta, ma le renne non ne volevano sapere di calmarsi, si stavano divertendo troppo. Olga, Elga, Elda e Ilda erano le ultime discendenti di una razza in estinzione, come i giganti Pukka e Jukka e gli uguagliatori, ma erano molto piú dispettose e non perdonavano le offese. Il terrore di Luciano Kristmas, per loro, era uno spasso. Trasvolarono a velocità supersonica, perdendo quota, sopra Uppsala, Nynäshamn e Oxelösund, fino a quando sotto di loro non si spalancò il mar Baltico. Luciano gridava. Il nano rideva.

– Efisiooo!

– Efisio mi chiamava la mia mamma. Tu chiamami «nano».

– Nanooo!!!

– Sí?

– Posso farti una domanda io, adesso, nano?

– Prova.

– Dove siamo diretti?

– Prima tappa: Villa von Reichtümer und Großgrundbesitzen, a Darmstadt, in Germania.

– Che nome hai detto?

– Von Reichtümer und Großgrundbesitzen.

– Non ti è venuto male alla lingua? Che cavolo di cognome è?

– È una famiglia aristocratica antichissima. Il loro capostipite era il compagno di banco di Adamo. Hanno quindici nomi e diciassette cognomi. Troppo di tutto. La distribuzione comincia ogni anno da loro, per tradizione.

– Bella tradizione!

Il nano abbozzò.

– Le tappe le puoi vedere tu stesso sul navigatore.

Luciano fissò il monitor sul cruscotto. La rotta era una linea azzurra che diventava rossa via via che veniva percorsa. Purtroppo, in quel momento, un fitto groviglio celeste avvolgeva la Terra. Le renne, nel frattempo, avevano rallentato. Sulla destra sfilava l'isola di Öland e di fronte a loro erano apparse le coste della Polonia. Da quando avevano lasciato Ullapoool erano passati soltanto dieci secondi, ma grazie al lavoro dello gnomo orologiaio sembravano ore. Là in alto il vento era gelido, la barba sventolava, la pelle si screpolava e gli occhi lacrimavano. Avevano avvistato le luci dei cantieri del porto di Danzica. Sembrava New York.

Luciano contemplava la scena.

– Efisio…

– Ti ho già detto di chiamarmi nano.

– In che cosa consiste il tuo lavoro di preciso?

– Nell'aiutarti a consegnare i regali e poi, incidentalmente, se capita, nel malmenare i cattivi.

– Tu puoi toccarli?

– Sí che posso, solo chi indossa il sincrorologio non può toccare nessuno. Ogni tanto il tempo deve essere riallineato per non tenere gli ingranaggi troppo in tensione, ma nel tempo Ordinario i brutti incontri possono capitare. Il mondo è pieno zeppo di ladri e rapinatori.

– Nano…

– Sí?

– Posso dirti una cosa?

– Prova, uomo. Forse ti ascolto.

– Hai dimenticato i briganti.

– Già, e anche i banditi, i predoni e i sicari.

– Che lavoro facevi prima?

– La mia è una famiglia di nani picchiatori, ma a me all'inizio non andava. Ero un pacifista sognatore. Cosí ho incominciato come minatore. Dove sono nato io, in Sardegna, era l'unico lavoro, solo che non sono fatto per vivere sotto terra. Preferisco vedere il cielo, respirare l'aria e incontrare persone.

– Efisio…

– Na-no! Chiamami na-no!

– Nano! Come facciamo a sapere quali regali consegnare e a chi?

– Ogni pacco ha un chip invisibile che segnala la sua posizione al centro logistico, che a sua volta controlla in tempo reale che ogni regalo venga posato sotto l'albero giusto.

– E chi è che controlla?

– Il ragionier Jonas Kolka, il folletto logistico.

– Chi?

– Ma sí che lo hai visto, anche se non l'hai notato di certo. Ha una faccia cosí anonima che è impossibile ricordarselo.

– Capisco… E se uno, mettiamo, consegnasse il regalo destinato a un bambino a un altro bambino?

Efisio Fois lo fissò con sospetto.

– Perché me lo chiedi?

La slitta subí un brusco abbassamento di quota. Sotto, un gomitolo di autostrade simili a serpenti illuminati circondava da ogni lato un grande spiazzo buio. Ma Luciano era troppo spaventato per vederlo. Aveva chiuso gli occhi dal terrore. Sibilò: – Ehi, nano, cos'è stato?

– Niente, uomo, abbiamo iniziato la discesa.

Capitolo 8

La slitta toccò l'erba con un tonfo leggero. Erano atterrati nel parco di Villa von Reichtümer und Großgrundbesitzen. Ogni luce era spenta. Sulla facciata appena rischiarata dalla luna le finestre sembravano buchi neri. Luciano ed Efisio Fois si soffermarono un istante ad ammirare la magnificenza del palazzo, un castello scuro e addormentato. Poi il nano sfiorò un'icona sullo schermo del cruscotto e lo sportello posteriore si sollevò. Scostarono le coperte e saltarono a terra. Dall'interno del bagagliaio fuoriuscí un predellino automatico sul quale erano posati decine di pacchetti colorati. Il nano toccò un pulsante strisciando il polpastrello dell'indice sullo schermo del tablet e i regali si rimescolarono. Efisio incominciò a spiegare al suo socio come funzionavano le cose.

– Allora... È tutto automatico. Il bagagliaio prepara i regali da consegnare. Dovrebbero essere centotrentasette pacchi in tutto... I primi centotrentacinque sono per la contessina Elsie Marie Gisberta Mafalda Kunigunde Benedikta Ludolfa Fulberta Ursina Liselotte Romilda Innozentia Zenobia Ladislava Mirabella Franziska Guendaline Karoline Kornelia Scholastika Odilberga Adelgunde Hannelore Gertrude Achillina Irmengard Kosima Lamberta von Reichtümer und Großgrundbesitzen, detta Fofí. Bisogna disporli a semicerchio intorno all'abete rosso nella sala da ballo grande.

– Perché, ci sono anche sale da ballo piccole?

– Sí, altre quattro...

– Capisco... E gli altri due pacchettini, nano, invece per chi sarebbero?

– Ehm, fammi controllare... Quelli sono per l'altra bambina. Aspetta che leggo il nome... Moosh Balasubramanian.

– Che razza di nome è, nano?

– Non saprei, ma a orecchio dovrebbe essere la figlia di una delle donne di servizio.

Riempirono venti sacconi di juta per la contessina Fofí e uno piú piccolo per Moosh, dopodiché si misero in cammino sotto la luna, che si godeva la scena dall'alto e faceva paura: pareva un occhio colossale cui un ladro avesse rubato la pupilla. Ogni cosa era illuminata, tranne le loro ombre. Luciano era di buonumore. Saltellava sull'erba canticchiando una vecchia canzone di Natale a tempo di swing.

– *O Tannenbaum!!! O Tannenbaum!!!*

Efisio cercava di convincerlo a tacere o per lo meno ad abbassare la voce.

– Ma sei matto?

– Sono allegro, nano. Che male c'è?

– Lo sai, vero, che non devi toccare nessuno? È assolutamente vietato anche soltanto sfiorare...

Luciano rispose con la vocina nasale, facendogli il verso.

– *Gnegnegné gnegnegné gnegnegné*. Altrimenti vengono attirati anche loro nel tempo deciso dall'orologiaio e poi dobbiamo portarceli dietro per tutta la notte o forse per tutta la vita, non si sa con certezza perché finora non è mai successo e non si sa neppure se si ricorderanno, ma la mattina potrebbero andare a spifferare i nostri affari in giro. *Gnegnegné gnegnegné gnegnegné*. La so bene, la lezione, Efisio?

– Chiamami NANO, uomo, ti ho detto.

– La so bene, nano?

Ma Luciano non attese risposta. Si era bloccato in mezzo al prato a indicare una casupola bassa oltre la piscina olimpionica.

– La piccola Moosh vive là?

Il nano non fece in tempo a replicare, che Luciano a grandi passi stava già correndo in quella direzione.

Capitolo 9

– Ma dove diavolo vanno quei due? Lí ci abita la serva!

Il ragionier Jonas Kolka, addetto al controllo delle consegne, altrimenti chiamato il folletto logistico, balzò in piedi e si mise a camminare su e giú per la stanza senza staccare gli occhi dal monitor. Scuoteva la testa calva con le labbra strette a sedere di gallina, poi raddrizzava la schiena quasi colto da un brivido. Non era cattivo, ma viveva come un affronto personale ogni minima deviazione dal piano prestabilito, perché detestava tutto ciò che si facesse notare. Per lui vivere in modo giusto significava diventare invisibili e non mettere in disordine le cose. Lo disturbava perfino l'idea che Dio avesse fatto rotolare la Terra libera nel cielo, invece di farla scorrere su binari d'acciaio, e adesso ci si mettevano anche quei due balordi del nano e dell'uguagliatore a creargli dei guai. Non avevano ancora iniziato le consegne che subito sbagliavano strada. Controllò l'orologio. Era già tardi. Non voleva rischiare di svegliare i suoi superiori per un falso allarme perché se la sarebbero presa con lui. Il ragioniere si mise le mani nei capelli che non aveva.

Il sonno stava calando sull'intero villaggio. Una giornata tanto movimentata a Ullapoool non si ricordava da anni. Il signor Niklas, Babbo Natale, era sfebbrato grazie alle medicine e nella sua testa sospesa nel dormiveglia e non ancora del tutto invasa dai sogni, le immagini della giornata si mischiavano a ricordi lontani: riapparvero sua mamma Rosa e suo padre Ernesto, rivide sé stesso e Luciano bambini con le facce nere di fuliggine e i vestiti da spazzacamini; gli ritornò alla memoria il primo regalo che aveva consegnato nella sua carriera, un paio di pattini d'argento, e questa immagine si sovrappose a quella di un bambino pallido e minuscolo che una notte si era svegliato di colpo, lo aveva visto e gli aveva sorriso senza paura, poi si era rimesso a dormire. Luciano, a quel tempo, era solo un ragazzo goffo e imbronciato, già convinto che i bambini dovessero essere uguali. Niklas ripensò a Katerineen, a quant'era bella a vent'anni, tutta piena di intelligenza e di curve: la prima volta che la vide il cuore gli si bloccò nel petto. Adesso, però, il tempo si era portato via tutto, anche il Natale era diventato un'abitudine, un lavoro come un altro, un'immensa recita globale per far comprare piú cose alla gente. Eppure gli affari andavano male lo stesso: molti non avevano piú la pazienza di aspettare i regali sotto l'albero, preferivano andarseli a comprare in negozio senza passare da Babbo Natale. Neppure Ullapoool era piú quella di una volta. Molti dicevano che bisognava trovare un socio, uno con una mentalità piú moderna e una visione piú orientata al marketing, e mentre lo dicevano pensavano a Panicus Flynch.

Il ragionier Jonas Kolka era ancora paralizzato dal dubbio. Do l'allarme oppure aspetto? Dalle casse del computer continuava a pulsare un fastidioso *bip bip bip bip*. Che cosa doveva fare? Avvisare Sparv e Kivimäki, con il rischio di svegliarli senza ragione? Scartò l'ipotesi sbuffando. È cosa nota e universalmente riconosciuta che chi comanda non ama essere svegliato, soprattutto se sta dormendo. E se invece fosse stato un guaio vero? Si sarebbero infuriati perché non li aveva avvisati. Non aveva via di scampo. Picchiò i piedi per terra, stizzito. Sulla scrivania il telefonino lo osservava placido in attesa della sua decisione.

I secondi passavano, e sempre piú gente in paese scivolava nel sonno. Anche i massimi dirigenti di Ullapoool si erano ritirati nelle loro stanze, ma per alcuni il momento di dormire tardava a venire. La dottoressa Pippa Propp stava facendo un bel bagno caldo e pensava con orgoglio al suo boss, che dal canto suo aveva già incominciato a ronfare. La pancia di Aimo Kivimäki, il capo degli gnomi grassi, che era grasso davvero, si gonfiava a ogni grugnito e si abbassava a ogni fischio. Era la ciccia accumulata negli anni, tenendo le chiappe sulla poltrona. Almeno, questo dicevano di lui i nani operai, che erano il cuore, i muscoli e il sudore del Natale. Quanto a Olaf Sparv, il piú intelligente tra gli aiutanti di Niklas Kristmas, era ancora vestito di tutto punto e stava sull'attenti davanti al computer. Era troppo piccolo di statura per essere un elfo, e infatti a Ullapoool lo chiamavano il «nibecorto», essendo sua madre un'elfa dei fiordi e suo padre un nibelungo, un nano delle miniere. I suoi occhi chiari, obliqui ed eccezionalmente grandi, scrutavano lo schermo in attesa di qualcosa, o di qualcuno. Poi si illuminarono e le sue dita ossute si precipitarono ad accettare la videochiamata.

– Buonasera, mister Flynch. Eccomi ai suoi ordini.

Come ogni notte attendeva di fare rapporto al suo vero padrone. La voce di Flynch risuonò nella stanza.

– Parla, Sparv.

– Volevo informarla che sono partiti. L'uguagliatore e il nano.

– Se c'è una cosa al mondo che odio piú dei nani, Sparv, sono gli uguagliatori.

– Sissignore, mister Flynch.

– E se c'è una cosa al mondo che desidero piú della fine degli uguagliatori è il Natale.

– Sissignore, mister Flynch, lo so. E per questo l'anno scorso ha fatto un'offerta economica per rilevarlo!

– E voi, razza di incapaci, con tutti i soldi che vi pago non avete saputo fare di meglio che consegnare il Natale a un uguagliatore?

– È stata una decisione del dottor Kristmas, mister Flynch, e lei lo sa quanto è testardo. Che cosa potevamo fare?

– Fargli cambiare idea, imbecille.

– Ho pensato che l'uguagliatore combinerà un disastro, il valore del Natale crollerà e alla fine Niklas Kristmas le venderà tutto a un prezzo stracciato.

– Tu non devi pensare, Sparv.

– Sissignore, mi scusi, mister Flynch.

– Gli uguagliatori portano sempre disordine, e io ho bisogno che il Natale rimanga cosí com'è con il vecchio spaventapasseri a garantire che non cambierà mai.

– Com'è intelligente, mister Flynch.

– Come sei stupido, Sparv.

L'elfo consigliere abbassò il mento, sbirciando il padrone da sotto in su.

– Forse si potrebbe intervenire sullo gnomo orologiaio... Con il tempo Ordinario non ce la farebbero mai.

– Mi correggo, Sparv: tu non sei stupido, sei un pazzo criminale. Con il tempo non si scherza. Bisogna sapere dove mettere le mani. Basta una mossa sbagliata e ci si può ritrovare bloccati, morti o, peggio, di nuovo bambini...

Sparv non replicò, era chiaro che la conversazione stava

per terminare, ma quando indirizzò di nuovo il mento verso il padrone, in faccia aveva gli occhi da cane bastonato.
– Sissignore, mister Flynch. Mi permetta soltanto di porgerle le mie piú sincere felicitazioni. Ho saputo che per il suo nuovo parco di divertimenti ha ingaggiato le valchirie...

Panicus Flynch annuí, grattandosi con l'unghia del pollice un grosso neo, che gli stava in mezzo alla fronte come un ragno peloso, e gettò uno sguardo oltre l'immensa finestra in alluminio anodizzato della sua casa-ufficio che dominava l'intera città, ma invece di guardare il paesaggio si specchiò: aveva i capelli color castoro e un nasone carnoso perfettamente disossato che gli penzolava in mezzo alla faccia tra i minuscoli occhi azzurro ghiaccio. Al di là del riflesso della sua bruttezza nel vetro, Atene si distendeva ai suoi piedi. A ottant'anni era il padrone, il fondatore e il dittatore della FunFanFun™, la piú grande compagnia di giocattoli dell'intera galassia. Il suo motto era: «Nessuno gioca gratis», e Flynch si comportava di conseguenza: odiava i giocattoli di un odio purissimo e perciò provava un godimento sublime a sfruttarli per accumulare denaro, l'unica cosa, oltre al jogging, di cui gli importasse. Flynch stava per lanciare una linea di armi giocattolo ad alto contenuto tecnologico su cui aveva investito miliardi, ma la sua specialità erano i parchi giochi. L'ultimo si chiamava FunFantasyland e si trovava in Grecia, tutta la Grecia. Si era comprato l'intero Paese, aveva raso al suolo i suoi monumenti e costretto gli abitanti a emigrare[4]. Per seguire i lavori, aveva preso casa al Partenone, che aveva

[4] Per convincere i greci a emigrare la FunFanFun™ adottò ogni metodo: bloccò la fornitura di giocattoli, ma i greci resistettero; tagliò acqua e gas, ma i greci resistettero; sabotò Internet e la rete telefonica, ma i greci resistettero; scatenò un'invasione di cavallette, ma i greci resistettero. Alla fine Panicus Flynch ricorse all'arma finale: sospese i rifornimenti di zucchero e, dopo un mese senza dolci, i greci si arresero.

fatto ristrutturare da un architetto famoso per avere trasformato le piramidi in centri commerciali.

L'attrazione di FunFantasyland erano gli autentici personaggi di fantasia che lo popolavano. Lavoravano tutti per lui: Pinocchio, la Sirenetta, Cappuccetto Rosso, Biancaneve e cinque nani (Cucciolo si era rifiutato, Mammolo era deceduto), sei capretti e il lupo cattivo, Raperonzolo, il nano Tremotino e il Piccolo Principe, che al contrario di quanto predicava era attaccatissimo ai soldi. C'erano anche Alice, Tintin, Topolino e moltissimi altri. Ma l'ultimo colpo, il piú clamoroso, consisteva nelle valchirie, sei magnifiche e inquietanti fanciulle – Skuld, Skögul, Gunnr, Hildr, Göndul e Geirskögul – che volavano nude a cavallo di destrieri selvaggi, e che si trasformavano in corvi urlanti in groppa a lupi famelici. Gliele aveva vendute Hugo, un trafficante di Zanzibar senza scrupoli, che si era fatto anche assumere come custode.

Ma il vero sogno di Panicus Flynch, la sua divorante passione, era il Natale. Solo conquistandolo, oltre la produzione, avrebbe controllato la distribuzione dei giocattoli, e regnato davvero sui desideri dei bambini. Solo cosí i piccoli lo avrebbero finalmente amato e temuto, obbligando i loro genitori a ricoprirlo di soldi. Due miliardi di tenere creature avrebbero mandato a lui le loro letterine, e sarebbe stato lui a decidere a quali giochi farli giocare. Con le sue armi giocattolo, per esempio.

Lo desiderava da sempre, il Natale, fin da bambino, quando invidiava i ragazzi ricchi ed era invidiato da quelli poveri a causa del negozio di suo padre Athanasius. In strada gli altri bambini lo rincorrevano, gli tiravano gli elastici sulle orecchie e sulle gambe e, siccome era grassoccio, lo chiamavano Flaccidus Flynch.

Un anno prima era atterrato a Ullapoool a bordo di un

elicottero ripieno di dollari con uno stuolo di avvocati al seguito e un'offerta che non si poteva rifiutare, ma Niklas Kristmas lo aveva cacciato a pedate nel sedere senza neppure fargli aprire bocca. Era un osso duro, il vecchio, anche se per fortuna ogni anno diventava piú debole. Panicus lo sapeva. Per fargli il vuoto intorno, aveva corrotto i suoi manager, in modo da indebolire la resistenza dall'interno. Adesso, però, ci si metteva di mezzo il fratello uguagliatore con le sue idee strane. Osservò la luce dell'insegna di FunFantasyland brillare lontana nel porto del Pireo e si ricordò dell'elfo consigliere ancora in attesa di istruzioni davanti al computer, sentendosi salire in corpo una rabbia sorda e incontenibile.

– Sparisci, Sparv.

– Subito, sissignore, mister Flynch. Perdoni il disturbo.

– E la prossima volta presentati con una soluzione.

Davanti alla finestra della stanza del Grande Orologio, il signor Perparim contemplava la notte. Si sentiva esausto, ma non poteva abbandonarsi al sonno. Il suo compito era rimanere vigile e assicurarsi che tutto procedesse al meglio, continuando a stringere e smollare, a rallentare e rilasciare il tempo, in modo da permettere le consegne senza rompere il meccanismo. Forse un goccetto lo avrebbe svegliato. Afferrò dal tavolo la fiaschetta con lo *schnapps* al mirtillo e bevve a canna un sorso generoso, dopodiché si abbandonò sulla sedia a dondolo davanti al letto. Torse il collo per sgranchire le vertebre (soffriva di cervicale) e il caldo del liquore gli scese nelle ossa mentre ammirava gli ingranaggi che si muovevano lenti, ma in modo costante e ordinato, comunicandosi il movimento tra loro in una lingua segreta. Gli dava un grande piacere contemplare le rotelle dentate, la molla, il bilanciere, il perno e l'ancora.

Ognuno svolgeva un compito diverso, ma ognuno aveva una funzione speciale e precisa: quei pezzi lavoravano insieme per far scorrere il tempo alla velocità giusta. Un po' come succedeva a Ullapoool quando Ullapoool era un bel posto dove vivere e ognuno agiva anche per il bene comune, oltre che per il proprio. Alcuni dicevano che non era mai esistita quell'epoca, che era un'illusione suggerita dal rimpianto. Forse. Ma di certo si viveva meglio prima che il signor Kristmas ingaggiasse i vari Sparv, Kivimäki e Propp e gli gnomi grassi a dire ai lavoratori come dovevano svolgere lavori che facevano bene da sempre. Migliorare le cose, gli diceva suo nonno Perpahr, non era questione di fretta o di forza, e nemmeno di precisione, era questione di rimanere uniti: di fare le cose insieme. Gli sarebbe tanto piaciuto insegnarlo a suo figlio, se ne avesse avuto uno. Ma di figli la vita non gliene aveva concessi. Esaminò l'Orologio, il meccanismo era in armonia, e una lacrima gli inumidí il bordo degli occhi, tanto che per consolarsi trangugiò un altro paio di sorsi.

Capitolo 10

Quando Luciano ed Efisio giunsero alla casupola, la luna sembrava incollata al cielo e le nuvole paralizzate, le foglie piú pesanti, metalliche, e il vento calmo come il respiro di una tartaruga. Era il tempo Zero$^+$ prodotto dal Grande Orologio e dalla maestria dello gnomo orologiaio. Erano arrivati. Il nano Efisio estrasse dal marsupio una piccola pistola di vetro, la puntò sul buco della serratura e sparò. Dopo qualche secondo, la ruotò e la porta si aprí. Era un *glacé-partout*, una pistola a ghiaccio: l'acqua sparata si solidificava nella serratura trasformandosi a tutti gli effetti in una chiave. Con le sue dita tozze il nano picchiatore abbassò la maniglia e spinse la porta. Luciano fece un passo all'interno.

– Aspettami qui, nano.

– Ti aspetto qui, uomo.

Le pupille di Luciano Kristmas si ingrandirono per orientarsi nel buio. La casa era formata da due piccole stanze, sala-tinello e camera da letto-bagno. Luciano, che in gioventú sognava di diventare ballerino, si sforzava senza grande successo di muoversi con grazia. Era tanto tempo che non si sentiva cosí libero e felice. Si bloccò, in equilibrio sul piede sinistro, ad ascoltare davanti alla porta di una camera. Anche i respiri addormentati di Moosh e di sua madre giungevano frenati, come un fruscio grave e uniforme che faceva pensare alle profondità marine.

Entrò. La bambina doveva essersi agitata nel sonno perché teneva un piedino sul collo della mamma. Quasi avesse visto qualcosa di intimo che non avrebbe dovuto, Luciano arrossí e uscí dalla stanza. Incollato al muro con lo scotch, c'era il grande disegno di un albero di Natale firmato da Moosh. Luciano decise che quella notte i regali sarebbero stati distribuiti secondo giustizia. Per la prima volta nella Storia, almeno a Natale, almeno per un giorno, tutti i bambini sarebbero stati uguali. Posò il sacco per terra. I pacchi per Moosh li lasciò sotto l'albero, a ridosso del muro, e si avviò verso l'uscita. Il nano lo aspettava alla porta.

– Tutto bene, uomo?

– Alla grande, Efisio. Adesso andiamo da Fofí.

– Sí, ma chiamami nano.

Attraversarono il parco di corsa e giunsero al portico dove la contessina, prima di coricarsi, aveva lasciato per le renne quattro ciotole ricolme di latte. Penetrarono in villa con il *glacé-partout*, percorsero immensi corridoi dai soffitti a cassettone, varcarono archi, attraversarono saloni e discesero scaloni; e intanto ridevano e le loro risate si disperdevano in quegli spazi cosí vasti e in quel tempo cosí fermo. Visitarono le cucine, dove il nano divorò un pollo arrosto e Luciano una banana, si lasciarono alle spalle gli appartamenti della signora contessa e quelli del signor conte, passarono attraverso una galleria di ritratti sentendosi osservati da decine di antenati appesi alle pareti, superarono la camera della baby-sitter, una ragazzona polacca di nome Bronislawa, e finalmente raggiunsero quella della piccola Elsie Marie Gisberta Eccetera – insomma, Fofí. Dormiva in un letto a baldacchino con le lenzuola ricamate, le palpebre posate come farfalle stanche e le minuscole labbra rosa socchiuse in un bacetto che non avrebbe mai dato a nessuno e, forse, sarebbe durato fino al risveglio. Luciano si sporse a guardarla meglio.

– È bellissima…

Anche Efisio, piú in basso, era ammaliato.

– Ha anche una faccia simpatica…

– Certo che è simpatica. Mica è colpa sua se è ricca, poverina.

Dormiva rannicchiata su un fianco, come un cucciolo di opossum, e russava leggermente. Il suo corpicino vibrava. Sembrava che facesse le fusa. Luciano sfiorò la spalla di Efisio.

– Ha un un po' di raffreddore.

Nella sala grande li aspettava un abete maestoso decorato con magnificenza, pieno di festoni, palle di cristallo e una miriade di lucine. Efisio era entusiasta.

– È l'albero di Natale piú grazioso che abbia mai visto. È decorato in modo sopraffino.

Luciano non rispose, impegnato com'era a disporre i regali, tra i quali riconobbe anche un iPat versione Platinum, naturalmente, il regalo piú alla moda dell'anno. Quando Efisio andò ad aiutarlo, si stupí che il sacco fosse già mezzo vuoto.

– Mi sembrano pochi pacchetti, Luciano. Non ti avevo detto centotrentacinque?

L'altro assunse un'espressione beata. Il nano corrugò la fronte e le sopracciglia spazzolose. Un dubbio si stava facendo strada nel suo cervello.

– Non avrai mica dato dei regali di Fofí a Moosh, vero? Dimmi che non l'hai fatto, ti prego…

– È venuto il momento di andarcene, nano. Temo che sarà una notte movimentata…

Abbandonarono la sala grande in preda a un'allegria insensata, accennando perfino qualche passo di valzer. La slitta li aspettava fuori, nel prato. Montarono, e le renne si alzarono in volo in direzione sud. Sotto di loro, la Foresta nera si distendeva in mezzo all'Europa. Stavano ancora ridendo, quando apparvero le Alpi.

Il nano picchiatore percepí una vibrazione. Il telefonino gli stava trillando in tasca. Con qualche difficoltà lo estrasse da sotto le coperte. Sul display vide che c'erano cinque telefonate perse con il prefisso di Ullapoool. Fece per mostrare le chiamate a Luciano, ma il telefonino gli sgusciò tra le dita – con i guanti a quaranta gradi sotto zero può capitare – e precipitò nel vuoto. Luciano fece spallucce.

– Meglio cosí, nano. Questa notte, nessuno potrà disturbarci.

Immerse la mano sinistra sotto le coperte e, dopo svariati contorcimenti, la mano riemerse trionfante impugnando il cellulare, che sollevò davanti agli occhi.

– Ti auguro buona fortuna, amico mio.

E lo scagliò con violenza nel buio. Due secondi dopo l'apparecchio si sfracellò al suolo in una via di Tux, un villaggio nel Tirolo austriaco, proprio ai piedi di un ubriaco, che credette di esserlo ancora di piú. Il nano scoppiò a ridere. Quella notte non c'era tempo per la paura. Volavano nel cielo, alti, liberi e irraggiungibili.

A Ullapoool, il ragionier Kolka continuava a scuotere la testa.

Capitolo 11

– Bastaaa! Silenzioo! La giornata è finita! Possibile che non sappiate mai quand'è il momento di smetterla?

La mamma li stava sgridando dalla soglia, e loro la fissavano ammutoliti. Si voltò con stizza e se ne andò dalla stanza, lasciandoli mortificati. Era mezzanotte e un minuto, però, e alla Vigilia di Natale forse si poteva ridere un pochino. Pietro accarezzò la testa bionda di Maddalena distesa al suo fianco, nel lettino estraibile.

– Adesso però dormiamo, Mad...

La bambina chiuse gli occhi, ma dopo qualche secondo suo fratello le bisbigliò: – Anche perché tra un po' arriva il tuo amico che non esiste.

Certo che Babbo Natale esisteva, ma Maddalena non aveva voglia di spiegarglielo di nuovo. Si addormentò di botto, come un interruttore che viene spento. Niente aveva il potere di renderla esausta come sua mamma quando la sgridava. Il cervello di Pietro, invece, continuava a macinare pensieri. Al telefono il papà gli aveva detto che non era ancora sicuro di venire, ma che forse gli avrebbe regalato le iControl Effect Shock modello Gold. Le voleva d'oro, quelle arcobaleno non gli piacevano. Ripensò alla giornata, a quando si erano svegliati e al cenone a casa della nonna. Ripensò alla bisnonna che probabilmente in quel momento stava sognando montagne di cannoli e sottaceti e, nel dormiveglia, l'immagine della sua vecchia bocca sgranocchiante si confuse con la borsa di Mary Poppins, e adesso sulla faccia della bisnonna c'era la borsa invece della bocca, che poi basta cambiare due consonanti perché la borsa si trasformi in bocca, e lo sentiva che stava scivolando nel sonno cosí, accogliendo pensieri sempre piú sconnessi, mischiando e scomponendo pezzi di parole, lo sentiva che sprofondava, quando all'improvviso spalancò gli occhi nel buio. Qualcosa lo aveva svegliato. Si mise in ascolto.

In camera della mamma qualcuno si muoveva. Che cosa stava facendo? Era un ladro? Poteva essere Babbo Natale, forse. Forse Mad aveva ragione: Babbo Natale esisteva ed era arrivato a casa loro. Immaginarlo piaceva anche a lui. Si mise seduto e sotto i piedi nudi sentí il legno del parquet. Le ombre dei lampioni disegnavano le solite strisce sul soffitto. Si alzò, attento a non fare rumore. Raggiunse il corridoio appena rischiarato dalla luce che filtrava sotto la porta della mamma, e accostò l'orecchio. Altri passi e bisbigli. Forse la mamma stava tirando fuori i regali, ma con chi parlava? Non era sola? Era con Babbo Natale? Nella sua testa si formò l'immagine di un ladro con la mascherina nera, come quello dei fumetti, ma era un pensiero infantile e lo scacciò via. Avanzò di un altro passo, trattenendo il fiato, e con i polpastrelli aprí uno spiraglio attraverso cui intravide uno spicchio della camera. Sua madre camminava per la stanza, urlando nel telefono sussurri pieni di rabbia.

– Come fai a non capire che questa cosa cambia tutto? Come fai a non capire che cosa significherà per i bambini?

Era furiosa. Dalla rabbia le tremava la voce.

– E quando avresti intenzione di dirglierlo, scusa? Quando saranno grandi?

Pietro non sapeva che fare, la tensione gli aveva scavato un vuoto nel centro dello stomaco. Avrebbe voluto scomparire, ma ormai era lí, anche se la mamma non si era ancora accorta di lui. Fece un altro passo e la mamma lo vide. Sollevò il telefono tra pollice e indice.

– Ha messo giú...

A Pietro venne da sbadigliare.

– Che cosa succede, mamma? Chi era?

Gli era uscita una voce impaurita, e se ne vergognò. Avrebbe voluto abbracciarla, ma rimase immobile. Sapeva cos'era giusto fare. Ma sapeva anche che, se si fosse fatto avanti, non avrebbe mai piú potuto tirarsi indietro. Sarebbe diventato adulto per sempre, e gli altri lo avrebbero preteso da lui. La mamma lo fissò in attesa, poi piegò la testa di lato socchiudendo appena gli occhi.

– Nessuno, amore. Vai a letto, adesso, ti prego.

Pietro ubbidí. Giunto in camera sua, staccò il telefonino dal caricatore. Era troppo tardi per telefonare al papà, cosí decise di mandargli un sms per dirgli buonanotte e chiedergli ancora se sarebbe arrivato. Poi, come sempre, infilò il telefonino nella tasca del pigiama per essere piú veloce a rispondere e non svegliare nessuno. Mad dormiva come un sasso. Un piede le usciva da sotto le coperte. Pietro la scavalcò ed entrò nel letto. Le lenzuola erano già diventate gelate. La mamma non si stava occupando dei regali: se non ci fossero stati, il giorno dopo Maddalena ci sarebbe rimasta malissimo. Sperò con tutto il cuore che su Babbo Natale avesse ragione.

Capitolo 12

– Vado a svegliare il dottor Kristmas?

– Non se ne parla neanche, ragionier Kolka. Il vecchio non saprà nulla.

– Ma scusi, dottor Sparv, lei in quanto consigliere avrebbe il dovere…

– Il mio dovere, ragioniere, è affar mio. Il suo è occuparsi di spedizioni e consegne, che peraltro sono un disastro. O sbaglio?

– Non sbaglia, dottore.

Il ragionier Jonas Kolka chinò la testa e il dottor Olaf Sparv fece un passo e gli si parò davanti. Aimo Kivimäki, Pippa Propp e Ralf Rattus, il troll addetto ai computer, incominciarono a ridacchiare per il modo in cui l'elfo consigliere aveva umiliato il folletto logistico. La riunione ristretta era stata convocata nel cuore della notte dopo che Kolka, sconvolto dal comportamento di Luciano e del nano picchiatore, e allarmato dalla mancata risposta alle sue ripetute telefonate, si era finalmente deciso ad avvisare Sparv, il quale adesso lo fissava dall'alto in basso, caricando di attesa le parole che stava per pronunciare.

– Se lo ficchi bene in testa una volta per tutte, ragioniere, e ficcatevelo bene in testa tutti quanti. Il nostro boss è Panicus Flynch, e non permetteremo ai fratelli Kristmas di distruggere il Natale. Il vecchio non conta niente e presto uscirà dai giuochi.

Aveva pronunciato «giuochi», con la *u*, non aveva resistito, lo faceva sentire raffinato. Ma aveva anche detto qualcosa che nessuno prima di lui aveva mai osato: aveva messo in dubbio l'autorità di Niklas Kristmas e annunciato un futuro in cui il Natale avrebbe fatto a meno di lui. Un gesto inaudito. Come sempre, mister Flynch aveva ragione. Le pupille di Olaf Sparv, il nibecorto, si conficcarono di nuovo in quelle di Jonas Kolka.

– E ora proceda con la relazione, ragioniere.

Il ragioniere scattò in piedi, ricondotto all'ordine. Tra le mani stringeva un tablet. Sfiorò lo schermo con il polpastrello e sulla parete della sala riunioni si accese un planisfero. Il Centroeuropa era tempestato di lucine colorate. A destra, invece, scorreva una colonna di numeri. Kolka si schiarí la voce.

– I dati dimostrano senza possibilità di errore che Luciano Kristmas e il nano sardo Efisio Fois stanno distribuendo a ogni bambino lo stesso numero di regali. In altre parole, li tolgono ai bambini ricchi per darli ai poveri. Non si tratta di un errore, ma di un'azione deliberata messa in atto dappertutto.

– Basta cosí, ragioniere.

Sparv incominciò a vagare per la stanza. Rattus, Kivimäki e Pippa Propp seguivano i suoi andirivieni muovendo le teste in sincrono. Alla fine, l'elfo consigliere parlò.

– Signori, la situazione è drammatica. Questi pazzoidi rivoluzionari vanno fermati con ogni mezzo prima che sia troppo tardi.

Mezzanotte era trascorsa solo da tredici minuti, ma grazie allo gnomo orologiaio, Luciano Kristmas ed Efisio Fois avevano già completato le consegne in Germania, Austria, Repubblica Ceca e Moldavia, e stavano volando sopra la campagna di Budapest, in Ungheria.

– Oh, nano!
– Sí, uomo?
– Secondo te si arrabbiano tanto?
– Non so, vedi tu, non abbiamo ancora consegnato un regalo giusto!
– E questo come ti fa sentire, nano?
– Lievemente preoccupato, uomo.

Luciano si affacciò per guardare dov'erano. I lampioni sulle sponde del Danubio trasformavano il corso del fiume in una lunga collana adagiata sul velluto nero.
– È bello il mondo, vero, nano?
– Sí, uomo, è bello… È bello di giorno ed è bello di notte.
– Soprattutto visto dall'alto e da lontano, perché da vicino le cose sbagliate sono piú grandi. Nano, posso farti una domanda?
– Certo, uomo.
– Quando eri piccolo, cioè quando eri *piú* piccolo…
– Vuoi dire quando ero bambino…
– Ecco, sí, quand'eri bambino, tu ci credevi a Babbo Natale?
Il nano picchiatore scoppiò a ridere, e le renne si voltarono indispettite, perché la sua risata era troppo fragorosa.
– Non farmi ridere, uomo. Ho le labbra screpolate. Da bambino, in Sardegna, ero cosí povero che credevo che Babbo Natale fosse un tizio ingaggiato per le feste dei bambini ricchi.
– Tipo un mago, nano?
– Tipo un mago, uomo. Posso farti una domanda io, adesso?
– Certo, nano.
– Me lo dici che cos'è un uguagliatore?

Nella sala riunioni di Ullapoool l'incontro proseguiva. Olaf Sparv parlava piú infervorato di prima.

– Non c'è un istante da perdere. L'Orologio regala all'uguagliatore e al suo nano un vantaggio quasi incolmabile: con il tempo Zero⁺ per ogni minuto che passa qui, loro hanno a disposizione dodici ore di scorribande.

Gli altri lo fissavano imbambolati.

– Avete qualche idea?

Rattus, il troll dei computer, si grattò la testa arruffata e piena di forfora, agitandosi sulla sedia, poi prese la parola.

– Chiediamo al signor Litmanen! Lo gnomo orologiaio può di sicuro fare qualcosa. Con il tempo Ordinario, quei due sarebbero spacciati.

Sparv scosse la testa. La figura dello gnomo orologiaio era avvolta nella leggenda e provocava a tutti un certo timore a causa della natura incontrollabile di ciò che maneggiava. Perfino Panicus Flynch ne aveva paura. Si raccontava che, se soltanto lo avesse voluto, Litmanen avrebbe potuto trasformare gli ullapooolesi in statue di sale oppure farli invecchiare cosí in fretta da ucciderli in pochi secondi, o ancora riavvolgerli, facendoli ringiovanire fino a farli rientrare nella pancia della mamma. Se lo avesse voluto, insomma, quell'insulso personaggio avrebbe potuto perfino distruggere il mondo.

– È fuori discussione, signor Rattus. Lo gnomo orologiaio non si tocca. Mister Flynch è stato chiarissimo. Senza sapere dove metter le mani, il tempo dev'essere lasciato stare.

Sparv tacque. Nella stanza si sarebbe sentito cadere uno spillo, poi si riprese e coronò i suoi pensieri.

– E giusto perché voi lo sappiate, non possiamo contare nemmeno su nani operai, impacchettatori, cuochi e altri pezzenti. Neppure delle bestie addobbatrici ci possiamo fidare. Sono troppo legate al vecchio. Ci vuole ben altro. Qualcuno, per caso, ha un colpo di genio?

Aimo Kivimäki, il capo degli gnomi grassi, teneva la bocca spalancata in una smorfia di assoluta imbecillità. Sparv fermò i suoi grandi occhi su di lui.

– Aimo, perdonami, caro. Hai bisogno che chiami qualcuno a chiuderti la mascella, magari a bastonate, oppure ce la fai da solo a ricomporre quella bocca da idiota in un'espressione decente? Perché, sai, non è facile farsi venire un'idea quando si ha davanti una faccia da scemo come la tua.

Kivimäki iniziò a sudare. Balbettò qualcosa, ma sembravano soltanto grugniti. Sparv si mise a urlare. Faceva paura.

– Alza quelle luridissime chiappe flaccide dalla mia sedia e dimmi qualcosa di utile! Credi che il tuo lavoro consista nell'avere una segretaria prosperosa, e nel mangiare fino a trasformarti nella palla di lardo che sei diventato? Tu-sei-il-capo-degli-gnomi-grassi-di-Ullapoool, cioè quelli che qui dentro devono mantenere l'ordine e trovare le soluzioni. Hai delle responsabilità. Lo capisci?

Kivimäki non sapeva che dire, era paralizzato, gli veniva da piangere. Ma Sparv non gli dava tregua.

– Allora, ciccione!

La mente del ciccione era vuota come un chiosco di granite al Polo Nord. Per fortuna la signorina Pippa Propp gli venne in soccorso.

– Credo che dovremmo chiedere aiuto al di fuori di Ullapoool, dottor Sparv.

– Mi compiaccio dell'intuizione, signorina Propp. Se è in grado di indicarmi dove, la ascolto volentieri. Altrimenti stia zitta.

Pippa non era tipo da farsi maltrattare o sfottere, e detestava i prepotenti. Se era innamorata del suo capo Aimo Kivimäki, era perché lui con lei era sempre stato gentile.

– Non ho finito, dottore.
– Vada avanti, allora, signorina. La ascoltiamo.
Dopo qualche secondo di silenzio, Pippa riprese.
– Se non si può intervenire sul tempo, dottor Sparv, dobbiamo individuare qualcuno capace di muoversi al di fuori di esso.
Pippa fissò l'elfo consigliere dritto negli occhi. Il suo tono era freddo, calmo e spietato. Aveva creato attesa, la prolungò il piú possibile. Poi pronunciò una parola.
– Valchirie.

Capitolo 13

– Ma sai, nano, non c'ero mica solo io, eravamo in tanti a quei tempi, noi uguagliatori. Lottavamo per l'uguaglianza, niente piú poveri e ricchi, dicevamo, soltanto uomini.

– Anche nani, per favore.

– Perdonami, nano: uomini e nani.

Erano atterrati in mezzo a un campo da calcio spelacchiato alla periferia di Budapest, e mentre smontavano dalla slitta Luciano riprese a parlare.

– Ma di colpo dell'uguaglianza non gliene importò piú niente a nessuno. Molti si persuasero che fosse un obiettivo impossibile; altri che era un'ulteriore forma di schiavitú; e tanti poveri si lasciarono convincere di essere diventati ricchi soltanto perché riuscivano a comprarsi quello che i ricchi desideravano vendergli.

Le renne brucavano l'erba ghiacciata. Luciano ed Efisio si guardarono intorno, scaricando i regali dal bagagliaio. Era un posto senza bellezza. Gli edifici parevano scatoloni scagliati sulla Terra per rendere tristi gli esseri umani. Un vento triste avvolgeva la scena. Luciano si caricò in spalla un sacco pesante, ancora immerso nei pensieri di prima.

– Nel frattempo, però, l'ingiustizia era cresciuta. Nell'indifferenza generale, i poveri erano diventati piú poveri e i ricchi piú ricchi.

– Però i poveri non protestavano piú …

– Sí, ma se una cosa è ingiusta, rimane ingiusta anche se nessuno lo dice.

Giunsero al primo casermone, era immenso e cadente, circondato da lampioni rotti. I loro passi scricchiolavano su frammenti di vetro e altri rifiuti sparsi all'entrata. Cercavano di orientarsi, di capire da dove iniziare. La temperatura era sotto lo zero e soffiava un vento polare che ti si infilava ovunque. Nella penombra avvistarono una macchia rossa di luce pulsante e si avviarono in quella direzione. Era fuoco. Giunsero a una buca di cemento, profonda pochi metri, che forse era stata una fontana: in fondo bruciava uno striminzito falò di rifiuti, stracci, sterpaglie e pneumatici. Si sporsero a guardare. Sotto la luce quasi ferma del fuoco appena smosso dal vento, dormiva un gruppo di bambini, non si capiva quanti né di che età, perché il freddo li obbligava a stare vicini. Era un groviglio di corpi piccoli. Sembravano cani randagi. Il nano rimase pietrificato. Luciano posò il sacco per terra, e incominciò a tirare fuori i regali distribuendoli intorno alla buca.

– Questi, sulla lista, non ci sono. Sono cosí poveri che non hanno neanche un nome.

Il nano gli picchiettò la schiena con l'indice.

– Aspettami qui, uomo. Mi è venuta un'idea.

Luciano non fece in tempo a rispondere, che l'altro era già corso via. Ritornò cinque minuti dopo, trascinando con sé due trolley smisurati pieni di trapunte di cachemire, piumoni d'oca, maglioni norvegesi, felpe foderate di pelo, giacche di pile, calzettoni da sci e berretti di lana. Erano regali che non avrebbero mai consegnato ai legittimi destinatari. Con un salto Luciano entrò nella buca e coprí i ragazzi, uno per uno, attento a non toccarli, con ciò che Efisio gli passava dall'alto. Quando ebbero finito, il nano gli tese la mano e lui saltò fuori.

– Mi sto divertendo un sacco, uomo. Lo ammetto. Si saranno riscaldati un po'?

– Sí, nano, e non abbiamo finito. Ci sono bambini anche dentro le case.

I casermoni erano immensi. Gli appartamenti tutti uguali. Ma l'ultima consegna era in un monolocale microscopico al piano interrato, una specie di cantina che sembrava disabitata dove non c'era l'albero e nemmeno il presepe, perché non c'era niente, soltanto sporco e squallore. Luciano si accovacciò. Per terra, aveva visto qualcosa che assomigliava a un mucchio di stracci. Raggomitolato sul pavimento, appena coperto da pezzi di stoffa e lana infeltrita, dormiva un bambino piccolissimo. I genitori lo avevano lasciato da solo. Efisio controllò sul tablet e un filo di luce rischiarò la faccia del bambino. Era cosí magro che gli si vedevano le vene attraverso la pelle. Gli avevano rasato i capelli e sotto il nasino si era formata una crosta di muco. Respirava male. Efisio bisbigliò il suo nome leggendolo sullo schermo.

– C'è scritto che si chiama Ernö. Ha soltanto tre anni.

Luciano non disse niente. Dopo un attimo, il nano riprese: – Non avrà una vita facile.

– No, nano, non ce l'avrà.

Luciano si sollevò in piedi, e le giunture delle sue ginocchia scricchiolarono.

– Andiamo, ora. Si è fatto tardi.

Accanto al giaciglio di Ernö aveva lasciato sette pacchetti, il piú grande dei quali era un gigantesco orso di peluche, il regalo di un petroliere russo al nipotino prediletto. L'ottavo, il personale contributo di Efisio: uno zaino da montagna pieno zeppo di dolci, cioccolati e caramelle.

Capitolo 14

Lasciarono la periferia di Budapest con addosso una sensazione di rabbia e tristezza. Volavano sopra i quartieri residenziali in riva al Danubio senza parlare, ma il nano non sopportava il silenzio. Dopo dieci secondi si imbarazzava. Cosí si frugò tra i pensieri alla ricerca di un argomento di conversazione accettabile. Non voleva chiedere a Luciano se aveva una moglie o dei figli, o dove avesse vissuto lontano da Ullapoool, perché erano cose intime e non voleva sembrare invadente. Cosí gli venne in mente di parlare di suo fratello.

– L'idea del Natale è venuta al signor Niklas?

Luciano esitò, indeciso.

– Non proprio, nano. Io e Nik eravamo spazzacamini come nostro padre Ernesto, che morí quando eravamo bambini.

– Mi dispiace, ma cosa c'entrano gli spazzacamini con il Natale?

– Bisogna essere piccoli per infilarsi nelle canne fumarie. Per questo molti spazzacamini erano bambini. Niklas e io eravamo cosí sporchi di nerofumo che gli altri ragazzi ci chiamavano «i negretti».

– Deve essere stata dura.

– Non ci possiamo lamentare.

– Però non ho ancora capito in che modo gli spazzacamini...

– Accadde che un negoziante di giocattoli del nostro quartiere ebbe un'idea. Il suo nome era Athanasius Flynch.

– Il padre di Panicus, il miliardario della FunFanFun™?

– Esatto, nano, proprio lui. Il negozio di Athanasius lanciò un servizio speciale per i clienti: recapitare i giocattoli a casa in modo misterioso, di notte, facendoli passare attraverso il camino. Incaricò Niklas e me delle consegne.

– Come mai voi due?

– Te l'ho detto: passavamo dai camini.

– Ma non eravate gli unici bambini, no? Perché proprio voi?

Luciano si irrigidí, e tacque per qualche secondo.

– Forse gli facevamo pena perché non avevamo il papà.

– Continua, uomo.

– L'iniziativa ebbe un successo strepitoso. Eravamo sommersi dagli ordini, poi però i genitori incominciarono a comprare negli altri negozi, perché Athanasius era avido e i suoi giochi costavano tantissimo. In breve tempo la giocattoleria Flynch rimase senza clienti e senza ordinativi. Fu allora che io e Niklas decidemmo di metterci in proprio e offrirci agli altri giocattolai per fare le consegne.

– Ma gli avete rubato l'idea!

– In un certo senso, nano, ma se Athanasius fosse stato piú gentile e non avesse preteso tariffe da strozzino non sarebbe mai accaduto e i clienti sarebbero rimasti con lui. E comunque, caro il mio nano, le idee sono l'unica cosa al mondo che se si regala agli altri raddoppia. Eravamo cosí bravi e invisibili da piccoli, io e Nik, che gli affari continuarono a crescere di anno in anno. Arrivarono richieste da negozi anche all'estero.

– Ma non avevate la slitta! La magia del Natale quando è iniziata?

– Un giorno ricevemmo una lettera da Ullapoool, un villaggio sperduto abitato da elfi, gnomi, nani e folletti. Diceva che la magia del mondo si era rifugiata lí, che avevano saputo di noi e si offrivano di aiutarci. Ci trasferimmo. Inventammo la storia di Babbo Natale e chiedemmo a un nostro amico sarto di farci i costumi. Alla fine trovammo anche il nome, Christmas, ispirandoci al nostro cognome! La cosa pazzesca è che tutti ci hanno creduto.

Nell'aria gelata si udí una specie di fischio. Era un bramito, il tipico richiamo dei cervidi. Olga, la prima renna, pretendeva la loro attenzione. Di certo aveva qualcosa di serio da dire.

– Quando avete finito di celebrare le gesta dei fratelli Kristmas, gentilmente ci dite dove dobbiamo andare?

Luciano Kristmas strizzò l'occhiolino a Efisio.

– Nano, tu sei mai stato a Venezia?

Capitolo 15

Mister Flynch disse subito di sí. Era una magnifica idea, ma non sarebbe stato facile. Lo disse correndo perché di notte mister Flynch amava fare jogging sulla pedana che si era fatto installare nella sua casa-ufficio. Olaf Sparv, l'elfo consigliere, gli aveva appena illustrato in videoconferenza la proposta di Pippa Propp di ingaggiare le valchirie.

– Non c'è un minuto da perdere, mister Flynch. Lo so che è un'impresa ardua, ma lei può riuscire dove chiunque altro ha fallito.

Se c'era una cosa cui Panicus Flynch non sapeva resistere, meno che ai soldi, meno ancora che al jogging, erano i complimenti. Da piccolo ne aveva ricevuti troppo pochi. Anzi, nessuno. L'unica attenzione che suo padre Athanasius, il celebre e avidissimo giocattolaio di Londra, gli aveva dedicato da bambino era stata la scelta del nome di battesimo, che per tradizione di famiglia inaugurata dal bisnonno Albinus e proseguita dal nonno Cornelius doveva finire con le lettere *us*. Quando la moglie gli aveva comunicato che aspettava un bambino, il marito si era messo a imprecare.

«Non potevi stare piú attenta, cretina? Lo sai che i bambini mi fanno venire le crisi di panico...»

E Panicus fu. Nessuno gli portò mai un regalo. I piú piccoli lo temevano. I piú grandi lo escludevano. I piú ricchi lo cacciavano via. I piú poveri lo picchiavano oppure lo sfruttavano. Per permettergli di giocare a calcio con loro in strada gli chiedevano una sterlina a gol, poi gliene facevano segnare ventuno, per pagare ogni giocatore. Cosí la legge che scandí l'infanzia del piccolo Panicus diventò il motto della sua vita intera: «Nessuno gioca gratis». Terminate le scuole e ottenuto il diploma, entrò nel negozio del padre dove sgobbando, spintonando e imbrogliando riuscí a dimostrare di essere un capo. In pochi anni Flynch trasformò l'antica giocattoleria a gestione familiare in una catena di supermarket del divertimento globale, diventando l'uomo piú ricco del mondo. Adesso stava per lanciare FunFantasyland, il piú strabiliante parco divertimenti dell'universo, con i protagonisti delle fiabe in carne e ossa assunti per lo svago di grandi e piccini. L'elfo consigliere aveva ragione: nessuna impresa era preclusa a un vincente come lui. Alla fine sarebbe riuscito a riprendersi anche il Natale che i Kristmas avevano scippato ai Flynch. E allora sí che sarebbe stato felice. Ma prima doveva fermare l'uguagliatore.

Saltò giú dal tapis roulant e si avviò di corsa verso l'uscita, senza neppure chiudere la videochiamata con Sparv. Avrebbe potuto prendere l'elicottero, ne possedeva uno piccolissimo, o una qualsiasi delle sue settecento automobili, ma niente poteva distoglierlo dal suo allenamento. In ascensore corse da fermo, nell'atrio scattò. La sua immagine snella sfrecciò sulle pareti a specchio del salone di ingresso. Altro che Flaccidus, era in gran forma! Accostò l'occhio sinistro a un congegno elettronico, un lettore digitale di iridi, e il grande portale del tempio si spalancò. Al suo cospetto Atene abbassò lo sguardo, e Flynch sorrise con i suoi sessantaquattro denti bianchissimi (se ne era fatte fare quattro file). Sollevò il polso e gettò un'occhiata al SuperTime SuperMitico che misurava i battiti del cuore, il numero di globuli rossi nel sangue e i capelli in testa, e incominciò a correre verso valle, determinato a convincere le valchirie.

Al galoppo giú per l'Acropoli, pensò a Fidippide, l'antico corridore che quattrocentonovanta anni prima di Cristo aveva corso quarantadue chilometri, da Maratona ad Atene, per portare la notizia della vittoria sui Persiani, e giudicò che se l'aveva fatto gratis era un cretino. Le sue gambette secche saltellarono giú per la discesa simili a quelle di un vecchio capretto, attraversarono strade, sollevarono polvere, pestarono asfalto, dirette al Pireo, il porto di Atene, dove sorgeva l'entrata principale di FunFantasyland. Le valchirie abitavano lí. La luna piena brillava nel cielo. Piú si avvicinava e piú ne era certo: se non lo avesse fermato, l'uguagliatore avrebbe spazzato via tutto, le regole, il rispetto, l'ubbidienza, trasformando il Natale in un'occasione di rivolta invece che nell'ennesima conferma delle naturali differenze tra gli uomini. Se Luciano Kristmas avesse avuto successo, i pezzenti si sarebbero creduti in diritto di possedere anche loro qualcosa di bello. Odiava gli uguagliatori con tutto l'odio che aveva. Erano soltanto pazzi invidiosi, anche se per fortuna si erano già quasi estinti. Ma non bisognava abbassare la guardia. Era fondamentale annientare in fretta anche l'ultimo sopravvissuto. Al pensiero del minore dei Kristmas e del suo nano divorati dalle valchirie, Panicus scoppiò a ridere, e per la gioia il suo cuore prese a pompare piú sangue e i polmoni piú ossigeno, e lui si sentí di nuovo forte e invincibile come quando aveva vent'anni.

Varcò i cancelli d'ingresso del parco, diretto alla Grande Voliera, compiacendosi di notare che i suoi dipendenti erano ancora tutti svegli e in azione, nonostante l'ora tarda. All'entrata Cappuccetto Rosso, con le sue deliziose treccine, gli fece un inchino da smorfiosa, mentre Cenerentola scopava il marciapiede con una ramazza. Flynch annuí soddisfatto: un costo di manutenzione in meno. Un po' piú in là, nel Paese delle Meraviglie, il Cappellaio Matto chiacchierava con la bocca sorridente dello Stregatto. Il Principe felice tormentava la rondine, che non ne poteva piú dei suoi lamenti e minacciava il divorzio. Il Gigante egoista russava su un'amaca. Pierino Porcospino faceva pipí in un vaso di fiori, mentre Minz e Maunz, i due gattini, lo prendevano in giro cantilenando la sua filastrocca.

Oh, che schifo quel bambino! | È Pierino il Porcospino. | Egli ha l'unghie smisurate | che non furon mai tagliate; | i capelli sulla testa | gli han formata una foresta | densa, sporca, puzzolente. | Dice a lui tutta la gente: | Oh, che schifo quel bambino! | È Pierino il Porcospino.

Il poveretto piangeva disperato mentre intorno gli si era radunata una banda di bulli sputacchianti. Flynch riconobbe i ragazzi della via Pal, quelli della Guerra dei Bottoni e, perfino, una delegazione dei Serpeverde, gli unici alunni di Hogwarts che avevano accettato di lavorare per lui. C'era anche un personaggio del libro *Cuore*: Franti, l'infame, sorrise.

Il suo parco era proprio una meraviglia. I ricchi avrebbero fatto a botte per visitarlo e i poveri si sarebbero indebitati per pagare il biglietto. Milioni di bimbi in tutto il mondo avrebbero fatto miliardi di capricci pur di farsi portare a FunFantasyland. E lui avrebbe incassato miliardi. Purtroppo, però, non aveva il tempo di godersi lo spettacolo. Ai margini del Bosco incantato un cartello pubblicitario invitava: «Venite a sfamare le valchirie!»

Si gettò nel folto degli alberi. Il Lupo Cattivo sbucò da dietro un tronco, ma vedendo un anziano invece di una bella bambina corse subito a nascondersi. Le scarpette di Flynch affondavano nel muschio su un sentiero illuminato dalle lucciole. A un bivio Flynch riconobbe Hänsel e Gretel che piangevano disperati seduti su una roccia. In alto, tra le liane, Tarzan volteggiava in gonnellino di leopardo. Flynch sentí *squish* sotto la suola: tra le felci saltellavano folletti, fatine e coniglietti delle fiabe. Ne aveva spiaccicato uno. Doveva stare piú attento, altrimenti avrebbe dovuto ricomprarli. Ma via via che si addentrava, le presenze diminuirono e il buio aumentò. Incominciò a sentirsi inquieto. A parte i suoi passi, non si udivano altri rumori, quando un urlo spezzò il silenzio.

Era spaventoso, ripetuto, martellante: nessuno avrebbe saputo dire se si trattasse di una voce umana o del verso di una bestia. Flynch sentí il sangue gelare. Sembrava il lamento di una donna selvaggia, o il verso di un gigantesco uccello carnivoro. Rallentò il passo. Il sentiero era diventato piú stretto, i rovi invadevano la strada da destra e sinistra graffiandogli le gambe. Cercò di occupare il minor spazio possibile, ma le spine lasciarono il posto alle ortiche. Flynch resistette impavido sentendo le gambe riempirsi di bolle, finché il sentiero non ricominciò ad allargarsi, sospingendolo in un'ampia radura dove si ergeva una grande cupola di fil di ferro.

La Grande Voliera era immensa. Una gabbia che avrebbe potuto contenere due interi palazzi di tre piani. All'interno erano imprigionate sei donne nude a cavallo di sei destrieri dagli occhi di fuoco. Volavano in alto, precipitavano in basso, si libravano a mezza altezza e volteggiavano nell'aria disegnando parabole spericolate, senza smettere mai di levare le loro urla bestiali. Panicus Flynch, guardandole, si sentí minuscolo. Il cuore gli era salito in gola, quando udí una voce nasale alle sue spalle. Per lo spavento fece un salto.

– Dopo mezzanotte si scatenano. Hanno voglia di uscire.

Al suo fianco era comparso dal nulla un omino pallidissimo con una collana cui erano appesi sei fischietti di metallo di colori diversi. Era Hugo, il custode delle valchirie.

– La prossima volta che mi appari cosí di colpo, Hugo, ti spedisco a fare compagnia al Piccolo Principe.

– No, quello no, signore. È di una noia mortale.

– Smettila di piagnucolare. Come stanno le ragazze?

Hugo allargò le braccia sottili.

– Gli diamo un quintale di bistecche di scimmia[5] ogni mattina, e lei lo sa quanto costano le scimmie oggigiorno, ma avrebbero bisogno di mangiare carne umana.

– Possibile che non si trovi? – chiese Flynch.

– Cosa vuole, non è piú come ai bei tempi. Le valchirie si nutrono degli eroi morti in battaglia, che poi trasportano nel Valhalla, il paradiso dei guerrieri. Le assicuro che è uno spettacolo spaventoso.

– Perché?

– Perché si trasformano in corvi e i loro cavalli in lupi. Volano sui corpi dei morti beccandoli perché i veri eroi li distinguono dal sapore.

Panicus Flynch degluti.

– Voglio che ne catturino uno vivo. Anzi, due.

– Se sono eroi non dovrebbero esserci problemi...

Flynch si sentí sollevato. Luciano Kristmas e il nano, a loro modo, lo erano.

– Che cosa vogliono in cambio?

– Non lo so, mister. Io so solo che in cambio della libertà farebbero di tutto. La capa è Skögul, l'agitatrice.

Il vecchio fece un cenno d'assenso, e il domatore portò alla bocca il fischietto nero. Un sibilo raccapricciante

[5] FunFantasyland è un territorio autonomo, dove non si possono applicare le leggi in vigore nel resto del libro. La dieta carnivora delle valchirie va, perciò, considerata una decisione della FunFanFun™ sulla quale, purtroppo, né l'autore né l'editore hanno potuto intervenire. Ce ne scusiamo con i lettori, e con le scimmie.

si diffuse nell'aria. Dall'alto della voliera rispose un urlo squassante da bestia ferita, e un cavallo nero venne giú precipitando, arrestando la caduta a un metro dal suolo. Skögul, l'agitatrice, accostò la faccia alle sbarre. Era la donna piú bella che Flynch avesse mai visto: i suoi capelli sembravano serpenti bruni, la pelle era del colore del cuoio, aveva il corpo elastico e flessuoso che pareva nato per saltare, correre e nuotare, e aveva due occhi scuri che ti mangiavano, in fondo ai quali riposava una fissità crudele da uccello. Hugo le buttò un pezzo di carne rossa che aveva estratto da un sacco e la ragazza lo abbrancò al volo con la bocca, nera come se avesse bevuto inchiostro di seppia, dopodiché lo inghiottí reclinando la testa all'indietro in modo da farselo scendere giú per il collo. Finito lo spuntino, piantò gli occhi su Panicus Flynch, rivolgendosi al domatore.

– Ki zareppe kvesto zignore?

– Il suo nome è Panicus Flynch, Skögul. È il padrone di FunFantasyland. Quindi anche il vostro. Solo lui può donarvi la libertà.

Dalla tensione Panicus Flynch non riusciva a muovere neppure un muscolo della faccia. Skögul si fece scura.

– E ke koza kiede in kampio della lippertà kvesto zignore?

– Dovete catturare due guerrieri.

– Ki zareppero?

Hugo si voltò verso Flynch, che parlò con lentezza.

– Un uomo e un nano, signora.

– I lorro nommi?

– Luciano Kristmas ed Efisio Fois.

– Kristmas l'ho zentitto…

Flynch annuí. La valchiria infilò la faccia tra le sbarre e riaprí la bocca nera.

– Kvando, mister Flynk?

– Stanotte stessa. Ma viaggiano nel tempo del Grande Orologio, quindi dovrete uscire e rientrare nel tempo...

Skögul strinse le spalle. Non era un problema. Anche per andare nel Valhalla bisognava uscire e rientrare nel tempo Ordinario perché nel mondo dei morti l'Eterno e il Nulla combaciano e chi vi ha accesso può viaggiare nei tunnel temporali, sbucando in qualsiasi momento del passato, presente o futuro, e perfino nel tempo Zero$^+$.

Hugo ebbe una specie di fremito. Skögul se ne accorse e lo esaminò con i suoi grandi occhi rapaci.

– Parrla.

– Sono vivi, Skögul...

Per tre secondi la valchiria tacque, pensierosa.

– Ma ze li uccitiamo tiventano mortti...

La valchiria cercò Flynch.

– E doppo zaremo lippere?

Flynch assentí. La risata di Skögul fece tremare l'aria. Le altre si immobilizzarono in volo. E Skögul si mise a gridare: – Rakazzeeee! Kvezta zera zi fa fezta!

Spalancò la bocca: aveva i denti marci e la lingua appuntita come quella dei corvi. Sopra la sua testa, Skuld, Gunnr, Hildr, Göndul e Geirskögul si tramutavano e i loro cavalli già avevano incominciato a ululare.

Capitolo 16

La pianura era una fiammata, un incendio, un lumacone di luci. Erano case, fabbriche, strade. Era una città sconfinata che si credeva campagna ed era la campagna che voleva farsi città. L'abbaglio finiva nel punto in cui si apriva l'occhio nero della laguna, al cui centro nuotava un pesciolino d'oro: Venezia. Da alcuni minuti la slitta sorvolava la città, in attesa che le renne individuassero una superficie adatta all'atterraggio. Luciano indicò a Efisio una linea tortuosa e scurissima.

– La vedi quella specie di *s* rovesciata che sembra la branchia del pesce?

Efisio annuí.

– È il Canal Grande, nano.

– Non è mica tanto grande, uomo.

La slitta iniziò a planare, e qualche secondo piú tardi si posò su un'altana, una di quelle terrazze di legno che i veneziani costruiscono sui tetti. Fu un unico tonfo morbido al quale non seguí nemmeno una piccola scossa di assestamento. Un atterraggio perfetto. Saltarono giú e le assi di legno si inarcarono. Dal canale saliva odore di alghe e salmastro. Si caricarono i sacchi in spalla, ma subito Luciano si affacciò dalla balaustra e si voltò verso il suo compare.

– E adesso come scendiamo, nano?

– Non ne ho la minima idea, uomo. Il capo sei tu.

Dalla slitta non giunsero suggerimenti. Olga, Elga, Elda e Ilda, che erano in pausa, li ignorarono platealmente. Luciano ed Efisio perlustrarono il tetto alla ricerca di una via d'uscita, ma non sembrava un'impresa facile. L'altana era sopraelevata rispetto a tutte le case circostanti, quindi invisibile a sguardi indiscreti. Vi si accedeva attraverso una porta sbarrata con assi di legno che sembrava chiusa da secoli. Pochi metri sotto scorsero un terrazzino ricavato nel tetto. Forse potevano passare da lí. Si calò il nano, attento a non scivolare sulle tegole, ma quando raggiunse il terrazzo capí che la portafinestra non aveva serrature, e si rivolse a Luciano allargando sconsolato le braccia. Solo allora Olga si decise a intervenire.

– Mai sentito parlare di canne fumarie?

Infilarsi in un camino alla loro età, nell'èra digitale, era roba da non credersi, ma dalle tegole, in effetti, sbucava un comignolo quadrato piuttosto spazioso. Agganciarono una fune alla slitta e scavalcarono la balaustra, avventurandosi sul tetto. Per non scivolare Luciano procedeva lentissimo, a quattro zampe. Gettarono la fune nel buco. Il primo a calarsi fu il nano che, per quanto tozzo, occupava meno spazio di Luciano. Qualche secondo dopo la corda si tese tre volte, segno che Efisio era atterrato. Luciano attaccò i sacchi ai moschettoni e li calò. Quando sentí tirare di nuovo, si assicurò la cintura e si infilò anche lui nel camino. Era stretto, ma grazie all'apprendistato giovanile era ancora capace di contorcersi e scivolare, perché calarsi in una canna fumaria è come andare in bicicletta, una volta che impari non lo dimentichi piú. Dopo qualche secondo, i suoi piedi toccarono terra. Era parecchio buio, un luogo abbastanza largo ma basso. Per uscire dovette mettersi a quattro zampe e, subito, si ritrovò davanti la faccia sorridente di Efisio.

– Posso chiamarti Margherita?

Luciano rimase interdetto.

– Perché Margherita?

– Perché sei nel forno di una pizzeria.

– Sei spiritoso, nano...

Efisio gli porse una mano e Luciano saltò a terra ridendo.

– Chiamami «uomo».

Schivarono i tavoli fino alla porta a vetri, che aprirono con il *glacé-partout* di Efisio, e finalmente uscirono in strada. Sull'insegna era scritto: «Pizzeria Gli Assassini». Luciano indicò la targa della strada al compagno: «Rio Tera' dei assassini».

– Paura, nano... eh?

Efisio schioccò la lingua in segno di imperturbabilità.

– Venissero gli assassini, venissero pure, ma prima chiedano di me ai nazisti di Budapest, e sapranno chi è Efisio Fois, il nano picchiatore...

Giunsero in un campo deserto, fatta eccezione per quattro piccioni. Il nano si chinò a osservarli.

– Sembrano surgelati.

Faceva freddissimo, infatti, ma quella fissità era causata anche dallo gnomo orologiaio che, nonostante lo *schnapps*, continuava a sorvegliare il tempo, stringendo e allentando bulloni. Era una notte tersa, l'aria tagliava le mani e la faccia. La luna sembrava di ghiaccio. Luciano faceva strada, Efisio lo seguiva a due passi, pronto a sventare eventuali attacchi. Le loro ombre scivolavano mute sui masegni, le lastre che pavimentano i campi veneziani.

Il nano indicò le finestre buie, neppure una accesa.

– Dormono tutti.

– No, nano. È che qui non abita piú nessuno.

– E di chi sono queste case?

– Delle banche, o di qualche turista russo e americano. I vecchi abitanti sono quasi tutti andati via.

– Un po' come i greci con il nuovo parco di Panicus Flynch...

– È proprio cosí, nano. A volte i soldi cacciano via le persone.

Se qualcuno li avesse visti, li avrebbe scambiati per due venditori ambulanti. Erano buffi sotto i lampioni, il primo alto alto e magro magro, il secondo basso basso e tozzo tozzo, entrambi con i muscoli contratti per tenere fuori l'inverno. In dieci anni di consegne al fianco di Niklas Kristmas, Efisio Fois non si era mai chiesto il senso di quello che stava facendo. Aiutava e, quando ce n'era bisogno, menava. Tutto qui. Per lui il Natale era una bella cosa che faceva felici i bambini un giorno all'anno. E questo gli bastava. Il signor Niklas non sprecava parole, all'opposto di suo fratello, che lo consultava su ogni decisione. Grazie a lui aveva capito che neppure il Natale univa e rendeva uguali le persone. Era diventato la festa in cui le differenze si facevano ancora piú visibili e misurabili poiché si trasformavano in cose.

La distribuzione incominciò da un palazzo dove abitava un solo bambino. Fu l'unico a cui Luciano lasciò tutti i regali che genitori e nonni avevano scelto per lui, perché pensò che gli avrebbero fatto compagnia. Le altre consegne avvennero secondo l'estro del momento, nello stile di Luciano Kristmas, che detestava il troppo e amava il giusto. Nel giro di dodici ore Zero^{+}, ovvero un minuto Ordinario, avevano terminato anche Venezia, ma quando si rimisero in cammino finalmente leggeri, nel cuore del nano l'inquietudine si era risvegliata.

In alto, da qualche parte al di sopra di tetti e campanili, le valchirie scendevano a precipizio verso la città, gracchiando i loro richiami da corvi. Luciano ed Efisio ripassarono dal campo che avevano attraversato all'inizio.

I piccioni non si erano mossi. Il nano picchiatore si accovacciò e protese il dito per tastarne uno.

– Sono ancora surgelati.

Avevano appena imboccato la calle prima della pizzeria da dov'erano partiti, quando il nano afferrò l'avambraccio di Luciano. Dalla parte opposta del campo qualcosa si muoveva, ombre nell'ombra, non si capiva che cos'erano, non si capiva chi erano, ma si sentivano grida rauche e acute che raggelavano il sangue.

– Chi sono, nano?

– Non so, ma sembrano donne.

Luciano sbarrò le palpebre.

– Donne nude a cavallo di lupi.

Incominciarono a correre, rasenti ai muri, sicuri di essere inseguiti. Svoltarono a destra nella strada della pizzeria, Rio Tera' dei assassini, quando l'aria fu trafitta da un orribile nitrito che, insieme, era un ululato. Un cavallo si era lanciato al loro inseguimento. Riconobbero l'insegna della pizzeria e il nano si precipitò ad aprirla, ma Luciano lo fermò.

– No, nano, non di lí. Se entriamo nel forno siamo cotti. I camini sono trappole: se lo tappano non usciamo piú. Passiamo di qui.

Lo trascinò verso il primo portone ed Efisio con le mani tremanti puntò la pistola a ghiaccio e sparò nella serratura, che scattò. Si richiusero il portone alle spalle con il chiavistello, e si affrettarono su per le scale, sentendo i colpi delle inseguitrici che tentavano di entrare a forza di calci, pugni e morsi, emettendo il loro urlo di guerra, quell'assurdo, stridulo, spaventoso gracchiare da uccelli umani. Luciano ed Efisio non avevano mai udito quel suono. Chi potevano essere? Erano quasi all'ultimo pianerottolo, quando dalla base delle scale giunse uno schianto e immediatamente dopo lo scalpitare dei cavalli. Erano riuscite a sfondare. Efisio si precipitò ad aprire, e Luciano si diresse a sinistra trascinandosi dietro l'altro per il polso.

Il rimbombo delle valchirie e dei loro cavalli saliva furioso per la tromba delle scale, mentre Luciano ed Efisio tentavano di orientarsi. Il corridoio era buio. Erano entrati in una specie di mansarda, intravidero una portafinestra da cui le luci della strada filtravano sul soffitto. Il nano si precipitò ad aprirla, spalancò le persiane e uscí su un piccolo terrazzo, avvistando con gioia la slitta sull'altana pochi metri sopra di lui.

– Che cosa aspetti? Avanti! Muoviti! Si sale sul tetto, da qui.

Ma l'altro era rimasto immobile, piantato nel centro della stanza, anche se alle sue spalle le valchirie buttavano giú la porta d'entrata. Aveva gli occhi puntati su qualcosa a meno di un metro da lui. Si chinò. Erano due bambini che dormivano abbracciati. I loro letti accostati. Il frastuono dei colpi sulla porta non li svegliava, perché i rumori del tempo Zero$^+$ nel tempo Ordinario risuonano impastati e attutiti come fruscii. Il nano si issò sul tetto con un balzo acrobatico, dopodiché rimise dentro la testa, penzolando dall'alto, per urlare con tutto il fiato che aveva in gola.

– Scappa, Luciano! Muoviti!

Ma Luciano non lo ascoltò. Stava pensando: se li avesse toccati avrebbe condotto quei bambini con sé nel tempo Zero$^+$, mettendo a repentaglio il segreto del Natale, ma se fosse andato via le sue inseguitrici avrebbero potuto far loro del male. Con le sue grandi mani raccolse la bambina addormentata e la lanciò come una palla da basket a Efisio, che la prese al volo, poi si caricò in spalla il ragazzo, con due salti uscí anche lui sul terrazzo e in tre passi raggiunse l'altana.

Fu in quell'istante che le valchirie irruppero in casa.

Capitolo 17

Babbo Natale faceva parecchia paura quando era arrabbiato.

– Voglio sapere chi è stato! Voglio la testa del colpevole!

Babbo Natale, quando si arrabbiava, esagerava con insulti e parolacce. Il collo gli si irrigidiva, le vene si gonfiavano e i tendini gli si stiravano. Le pupille, invece, diventavano come chiodi con cui immobilizzare i suoi assistenti uno a uno senza muovere la testa, spostando soltanto gli occhi. Era chiaro che stava per esplodere.

– Voglio conoscere il nome di quell'imbecille cretino idiota mentecatto scimunito deficiente delinquente demente mascalzone farabutto...

Olaf Sparv, Aimo Kivimäki, Pippa Propp e Ralf Rattus tenevano gli occhi fissi sul pavimento. Il ragionier Jonas Kolka si rosicchiava le unghie. Era stato lui a tradire, avvisando il signor Niklas, e non è mai facile per un traditore, perfino se tradisce per una buona ragione, affrontare coloro che ha tradito.

Dopo che la Propp se n'era venuta fuori con l'idea della valchirie, il ragioniere era tornato in camera di pessimo umore, aggravato dal fatto che sul monitor l'Europa era illuminata da migliaia di punti luminosi, segno che Luciano Kristmas e il nano picchiatore stavano procedendo a pieno ritmo: avevano terminato le consegne in Germania, Svizzera, Austria, Ungheria, Serbia, Montenegro, Bulgaria, Ucraina, Croazia, Romania, Macedonia, Albania, Slovenia ed erano arrivati in Italia, dove avevano appena lasciato Venezia. L'uguagliatore era un pazzo scatenato, ma si dava da fare. Anche Kolka desiderava fermarlo, ma le valchirie no – il ragioniere logistico non riusciva a darsi pace –, le valchirie erano troppo anche per ladri e assassini, figurarsi per un matto e per un nano. Avrebbero soltanto finito di devastare il Natale, macchiandolo di un orribile delitto, un duplice omicidio da cui la sua immagine sarebbe stata irrimediabilmente sporcata. Dalla rabbia si addentò un labbro fino a farlo sanguinare e, di colpo, ogni cosa gli fu chiara. Doveva correre a svegliare il signor Niklas.

Si infilò la vestaglia e discese le scale due gradini alla volta, ma quatto quatto, quanto piú quatto poteva, per non farsi scoprire dagli altri. Scivolò per un corridoio, attraversò la cucina e sbucò nell'anticamera che conduceva alla stanza di Babbo Natale. Trovò la porta socchiusa e il vecchio che russava in modo spaventoso. Si fece coraggio, afferrò la maniglia ed entrò. Giunto al letto, provò a scuoterlo, ma Niklas Kristmas si limitò a grugnire. Tentò di voltarlo, ma era troppo pesante e, sudato com'era, gli scivolava sotto le mani. Spinse con tutta la forza che aveva. Era una fatica inumana, soprattutto perché, quando incominciò a sperare di avercela fatta, il vecchio si rigirò sull'altro fianco, imprigionandogli un braccio sotto il suo peso. Al ragioniere venne da piangere. Puntò il piede contro la sponda e tirò finché, grazie all'ennesimo strattone, non riuscí a liberarsi. Stava ansimando. Con il dorso della mano si asciugò il sudore dalla fronte. Babbo Natale russava ancora di piú. Decise di scuoterlo dall'altro lato. Girò intorno al letto, avanzando tentoni nel buio, poi posò entrambe le mani sul corpo addormentato. Era piú soffice. Piú fresco. Piú maneggevole. Spinse, e nell'istante in cui le sue dita affondarono in un mare di ciccia soffice, un grido si liberò nella stanza. Un secondo dopo qualcuno accese la luce.

– Ragionier Kolka! Ma che cosa diamine fa? È impazzito?

La signorina Katerineen aveva gli occhi fuori dalle orbite e i capelli sparati ovunque. Il folletto logistico non trovava parole, balbettava scuse incomprensibili, costernato e stupefatto. Allora era vero che dormivano insieme! Katerineen era la fidanzata del signor Kristmas!

– Non pensi a cose strane, ragioniere. Il signor Kristmas, come sa, è parecchio costipato e io, in quanto amica, ho ritenuto di assisterlo, però poi mi sono assopita a mia volta...

Il ragioniere Jonas Kolka avrebbe voluto morire dall'imbarazzo, anche perché il vecchio, svegliato dall'urlo di Katerineen, lo fissò con ferocia e gli rivolse la parola come in sogno, la voce impastata di sonno.

– Che cosa ci fa qui, ragioniere?

Kolka si agitò moltissimo.

– V-v-v... V-vu-v-u...

– Cos'è, ragioniere? Un sito Internet? La smetta di balbettare!

– V-v-valchirie, dottore.

– V-valchirie, r-r-ragioniere?

Solo quando Katerineen schizzò fuori dal letto in sottoveste, Kolka riuscí a vuotare il sacco.

– È stato per fermare il signor Luciano! Lui e quel nano stanno dando a ogni bambino la stessa quantità di regali, dottore... Per fermarli hanno liberato le valchirie.

Niklas Kristmas sgranò gli occhi.

– Chi?

Il ragioniere ripeté.

– Le valchirie...

– Ho capito! Ma CHI le ha liberate?

Kolka abbassò la testa, gli occhi e la voce.

– Io ho solo avvisato il dottor Sparv...

In fondo alla stanza, da dietro un paravento, Katerineen urlò.

– Quelle sono streghe schifose, Niklas. Li sbraneranno!

Kristmas si mise a sbraitare.

– Lo so chi sono le valchirie, Kate! Io adesso a Sparv gli svito la testa!

– No, Niklas. Non ora. Adesso tu te ne stai qui.

Katerineen era tornata padrona di sé, e gli parlò con voce suadente.

– Per ora nessuno deve sapere che sai. Dobbiamo giocare sull'effetto sorpresa.

Si chinò per baciarlo sulle guance, che si colorarono di rosso.

– Ma tu dove vai, Kate?

– Vado a cercare Popi Wolinski, il capo dei nani operai. Presto avremo bisogno di aiuto.

Katerineen uscí nella neve con i suoi stivali di pelliccia di foca[6]. Dalla finestra Babbo Natale e Kolka la videro allontanarsi. Andava dai lavoratori piú instancabili, leali e laboriosi di Ullapoool. Babbo Natale aveva gli occhi lucidi di febbre e rabbia, e nessuna voglia di ubbidire.

– Mi passi i vestiti, ragioniere. Andiamo da Sparv.

[6] Lisandra Kaminski, la piú famosa foca di Norvegia, morí di caldo il 12 agosto 2003. Dalla sua pelliccia, oltre agli stivali indossati da Katerineen Høgli, fu ricavato un copriletto che, dopo molte traversie, fu recapitato alla signorina Cindy Overback, casalinga e maestra in pensione di Winnemucca, Nevada, nel cui armadio giace dimenticato da allora.

Capitolo 18

– Voglio sapere chi è stato! Voglio la testa del colpevole!

Per la foga, la voce di Niklas Kristmas si spezzò in due, la vista si annebbiò e la testa incominciò a girare. Si sentí svenire e, per non cadere, dovette appoggiarsi alla scrivania dell'elfo consigliere, che lo osservava glaciale. Fu a quel punto che lo gnomo grasso Aimo Kivimäki trovò il coraggio di alzarsi, imitato da Pippa Propp e dal troll informatico Ralf Rattus. Il ragionier Kolka, invece, fece un passo indietro, impaurito. I congiurati si strinsero intorno al vecchio, che ormai vedeva doppio – due di ognuno di loro: un incubo – e si sentiva mancare le forze. La febbre era di nuovo salita. Provò a staccare le mani dalla scrivania per difendersi, ma si afflosciò sul pavimento come un sacco svuotato, senza che nessuno dei suoi aiutanti alzasse un dito per sorreggerlo o attutire la caduta. Nel petto, sotto la giacca di velluto rosso, il cuore gli batteva all'impazzata. Sparv gli alzò la palpebra per controllare che fosse svenuto davvero, e si voltò verso gli altri.

– Chiudetelo nella sauna.

Kolka d'impulso reagí: – Bisogna aiutarlo! Non lo vedete che sta male?

Olaf Sparv lo fulminò: – Con lei, ragionier Kolka, i conti li facciamo piú tardi.

Rattus e la Propp lo stavano già trascinando via per i piedi mentre Kivimäki dirigeva le operazioni, dando consigli non richiesti.

Capitolo 19

Erano sei, erano belle ed erano nude, nonostante l'inverno e la notte inoltrata. Le valchirie saltavano sulle assi di legno dell'altana levando i pugni rabbiosi contro il cielo. I loro occhi da corvi erano vetri neri che scrutavano la notte nella speranza di avvistare di nuovo la slitta scomparsa e lanciarsi alla rincorsa. Intorno a loro, sul tetto, scorrazzavano sei mastodontici lupi che, incuranti delle grida delle loro padrone, penetrarono in casa. Le valchirie non se ne preoccuparono e, rispondendo a un istinto segreto, si voltarono in sincrono verso Skögul, la nera.

– E orra ke kozza fakkiamo, Zkökul? – disse Skuld.

– Non pozziamo inzeguirli a cazacchio, Zkö, – disse Gunnr.

– A mme è vennutta famme, Zkö, – disse Hildr, che in mano stringeva un piccione surgelato, avendone appena divorato un altro.

– Ank'io ho ffogghlia ddi kkarnne, Zkö, – disse Geirskögul, allungando una mano per assaggiarne un pezzo.

– I pampini purtröppo ze li zono prezi kvei due maledetti dannati, – disse Göndul, una ragazza scheletrica con i capelli albini, che poteva mangiare immense quantità di carne senza ingrassare di un grammo.

Ogni valchiria aveva i capelli di un colore diverso: Göndy era bianca del bianco del latte, Skögul nera del nero del buio, Geirskögul gialla del giallo del sole, Hildr rossa del rosso del sangue, Gunnr verde del verde dell'erba e Skuld grigia del grigio della cenere. Il suo lupo prese a ululare. Skögul ordinò di rientrare.

Scivolarono all'interno dalla portafinestra e trovarono i lupi che annusavano le lenzuola di Pietro e Maddalena, ansimando e sbavando per l'eccitazione. Anche Göndy si mise a fiutare, seguita dalle sorelle. Affondavano la faccia nei letti poiché, al pari di orchi e streghe, anche le valchirie trovano irresistibile l'odore dei bambini addormentati, ed erano talmente smaniose che ringhiavano e digrignavano i denti contro i lupi pur di conquistare un po' di letto da sniffare. Soltanto Skö si tenne in disparte. Afferrò un telefonino che teneva appeso al collo e compose il numero privato di Panicus Flynch.

– Mizter Flynch, buonazzera. Zono Zkögul, la falkirria. Deffo darrle una prutta notizzia: ci zonno zkappati.

– Sissignore, mister Flynch...

Quando Olaf Sparv parlava con Panicus Flynch, per il panico bisbigliava.

– Sissignore, mister Flynch, parlo piú forte, va bene. Lei ha ragione a essere adirato. Ma anche le valchirie, però, se li sono fatti sfuggire...

Il telefono per tutta risposta si mise a sbraitare e Sparv, d'istinto, allontanò la cornetta dall'orecchio.

– Non urli, la prego, signor Flynch. Vedrà che risolveremo tutto. Ho anche una buona notizia! In questo momento il dottor Kristmas è nelle nostre mani. Lo abbiamo rinchiuso nella sauna svedese dei manager, c'è una finestrella piccola piccola mentre, come sa, lui è grasso grasso...

Sparv accennò un mezzo sorriso, ma si rabbuiò subito perché l'altro non si era affatto calmato.

– Certo, sissignore, mister Flynch, è evidente che la prima cosa da fare è localizzarli e che penseremo poi a Niklas Kristmas. Spedisco all'istante il folletto logistico a capire dove si sono diretti.

Dall'altro capo la comunicazione fu troncata di netto. Sparv si irrigidí e, un istante dopo, incominciò a sbraitare contro Rattus, Kivimäki e la Propp, che avevano assistito in silenzio alla telefonata.

– E voi cosa fate lí impalati? Cosa avete da guardare? Al lavoro! Scoprite dove sono finiti quei due criminali!

Il ragionier Jonas Kolka contemplò il planisfero illuminato. Teneva sollevato l'indice della mano destra e lo muoveva appena nell'aria, avanti e indietro, come se si esercitasse nel gesto di premere un pulsante, ma non si decidesse a compierlo. Subito dopo aver assistito al rapimento del dottor Kristmas da parte della banda di Sparv, aveva deciso di fuggire da Ullapoool per salvarsi la vita e la coscienza. Da anni desiderava rivedere sua madre, che viveva in una piccola isola baltica, e l'occasione si era presentata. Prima di andarsene, però, avrebbe sabotato i computer in modo da rendere impossibile la localizzazione della slitta. Non nutriva nessuna simpatia per gli ugualiatori, nessuna – portavano soltanto disordine –, ma le valchirie portavano sventure, e lui era stato assunto da Niklas Kristmas, non da Panicus Flynch, dunque difenderlo era un suo preciso dovere.

Kivimäki, Pippa Propp e Ralf Rattus uscirono di corsa dall'ufficio di Sparv. Per raggiungere il centro logistico il piú in fretta possibile presero la scorciatoia, sebbene in alcuni punti fosse molto stretta e Kivimäki fosse molto grasso. Entrarono in un corridoio, poi svoltarono a destra e si inerpicarono per una scaletta a chiocciola che il capo degli gnomi grassi riuscí a superare soltanto grazie agli sforzi degli altri due. Alla fine giunsero in una stanza: sulla sinistra, un finto armadio a muro immetteva in un passaggio nascosto, umido e angusto da cui, dopo alcuni minuti di cammino, si accedeva al centro logistico. Per sfortuna Aimo Kivimäki stava davanti. Per sfortuna si incastrò di nuovo. Pippa Propp lo incitò, Ralf Rattus provò ad assestargli un paio di spallate e perfino a spingerlo da dietro, ma Kivimäki si era piantato, diceva che era buio e frignò fino a convincerli a tornare indietro.

Il ragioniere Jonas Kolka tirò un bel respirone. Pareva un soldatino sull'attenti. Sollevò il dito nell'aria e premette il pulsante di accensione del computer collegato ai server che custodivano i dati. Nella stanza tutto era come l'aveva lasciato, tranne il planisfero che si era popolato di altre mille lucine come se fosse piovuta sull'Europa una pioggia colorata. Kolka lanciò il programma che registrava i dati delle consegne e cliccò Delete, cancella. Il computer vibrò. Sembrava stupito.

«Tutti i dati di questa sessione andranno persi. Sei sicuro di voler procedere alla cancellazione?»

Con un groppo in gola il ragionier Kolka cliccò Sí. Il computer vibrò con piú forza. Sembrava dispiaciuto.

«Sei proprio sicuro di voler cancellare tutto quanto?»

Kolka si guardò intorno. Non aveva mai sospettato che i computer potessero essere sentimentali. Il planisfero era proprio uno spettacolo, ma si fece forza e cliccò di nuovo. Il computer sussultò, ma la sua volontà pareva essersi affievolita.

«Sicuro sicuro?»

Il ragioniere cliccò ancora una volta. Era l'ordine definitivo. L'ultimo. Il computer si arrese. Sul planisfero le lucine incominciarono a spegnersi una dopo l'altra e Jonas Kolka, responsabile logistico di Ullapoool, scoppiò a piangere come un bambino, guardando svanire il lavoro di tutta una vita. Le luci morivano come stelle al mattino. Interi Paesi rientravano nell'ombra. A brillare rimaneva soltanto un puntino bianco intermittente, quello che indicava la posizione della slitta di Luciano ed Efisio, che invece di dedicarsi all'Italia come sarebbe stato logico, si era diretta a ovest. Per la prima volta in vita sua il ragioniere apprezzò la fantasia: per ingannare le valchirie stavano procedendo a zig-zag. Osservò la lucina che si affievoliva a ogni pulsazione. Presto sarebbe scomparsa. Era arrivata l'ora di lasciare Ullapoool e rimettersi in cammino alla volta di Bornholm, l'isola dov'era nato, per riabbracciare sua mamma.

Voltò le spalle alla stanza in cui aveva vissuto per decenni e varcò l'uscita. Da trent'anni la sua automobile, una vecchissima Volvo 544 arancione, lo aspettava nel posteggio dei dipendenti. Uscí nel cortile innevato nell'istante esatto in cui Kivimäki e gli altri, sfatti e trafelati, raggiungevano finalmente il centro logistico dalla via normale, trovando il planisfero ormai buio. Nella speranza di interrompere la distruzione dei dati, pigiarono ogni tasto possibile, ma non ci fu nulla da fare.

Nel parcheggio il ragionier Kolka girò la chiave e sorrise beato perché il motore della sua vecchia Volvo color arancio si accese rombando al primo colpo.

Capitolo 20

– E adesso che cosa facciamo, uomo?

– Andiamo avanti a zig-zag, nano. Le valchirie odiano gli arzigogoli.

– Che cosa sarebbero gli arzigogoli, uomo?

– Gli arabeschi, gli scarabocchi, i grovigli e i garbugli.

– Che parole buffe...

– Le valchirie non sono buffe. Sono ottuse e feroci. Vanno solo in linea retta.

– E tu come lo sai? Ne hai mai conosciuta una?

Alla domanda di Efisio, Maddalena aprí gli occhi. Era il sogno piú strano che avesse mai fatto: era notte, faceva un freddo cane, e lei e suo fratello Pietro, coperti da un'immensa pelliccia, volavano in mezzo al cielo su una slitta trainata da renne e guidata da due tizi mai visti, uno alto, l'altro basso, che discutevano di valchirie.

– So tutto delle valchirie, fidati, nano.

Il piccoletto non le sembrò convinto. Si dimenò, ma l'altro lo bloccò posandogli la mano destra sulla testa.

– Fermo, nano. Il gelo penetra sotto la coperta e mi ghiaccia il sedere.

– Come sei delicato, uomo. Ma ti avviso: qualunque cosa accada, io le donne non le picchio.

– Le valchirie non sono donne, nano.

– E tu che ne sai?

– È una storia lunga, Efisio.

– Chiamami nano. Te l'ho già detto! Efisio mi chiama solo mia mamma!

La bocca di Maddalena si spalancò in uno sbadiglio irresistibile. Era un sogno davvero assurdo, cosí strano che non valeva neanche la pena di rimanere sveglia a sognarlo, ma il vento le pungeva la faccia alleandosi alle voci dei due personaggi e non la lasciava addormentare. Mosse la manina sotto la coperta, cercando quella del fratello che dormiva al suo fianco, ma sentí con le dita un oggetto rettangolare. Pietro si era ficcato il telefonino nella tasca del pigiama prima di andare a letto. Era proprio fissato. Riprese l'esplorazione e finalmente trovò la mano del fratello. La strinse. Era screpolata, ma calda. Le palpebre le si richiusero perché moriva di sonno e questi due del sogno non stavano dicendo niente di interessante. Anzi, adesso tacevano.

Le renne galoppavano verso ovest. Erano ancora spaventate poiché avevano sentito l'odore del lupo. Si lasciarono alle spalle le luci di Tangeri e Gibilterra, e sotto la slitta si aprí l'Atlantico, dove ogni lume si spense e il buio li avvolse. L'alto e il basso, il cielo e l'oceano, si mischiarono fino a non distinguersi piú.

Passando attraverso una perturbazione atlantica, Efisio si girò a guardare i bambini.

– E adesso che cosa facciamo, uomo?

– Ricominci, nano? Te l'ho detto: procediamo a zig-zag!

– Intendo con i bambini, uomo: è la prima volta che qualcuno entra nel tempo del Grande Orologio!

– Preferivi che entrassero nella bocca delle valchirie? Staranno con noi, tutto qui. Piuttosto, nano, li hai coperti bene lí dietro?

– Certo, uomo. Con la pelliccia di yeti[7]. Moriranno di caldo.

Luciano continuava a voltarsi: non riusciva a staccare lo sguardo dai due addormentati.

– Certo che sono carini. Assomigliano a due ciliegie.

Anche Efisio si girò a sua volta per verificare personalmente la veridicità dell'affermazione.

– Piú carini delle valchirie, di certo.

Luciano annuí sorridendo. Il nano si fece serio.

– Dimmi di loro, uomo. Le hai mai incontrate?

Sul volto di Kristmas si dipinse una smorfia amara.

– Tanto tempo fa, nano. Ero un bambino anch'io.

– Hai avuto paura?

– Ero troppo triste per avere paura, quel giorno.

– Di solito quando si è tristi ci si sente piú deboli.

– Ti ho già detto che abitavamo nello stesso quartiere di Flynch. Però noi eravamo poveri e stavamo in strada dalla mattina alla sera a giocare. Ma questo non andava bene...

– Non andava bene a tuo padre?

– No, non andava bene al padre di Panicus, Athanasius Flynch. Diceva che tutti quei bambini straccioni gli mettevano di malumore la clientela del negozio. Cosí chiamò la polizia, che ci ordinò di sloggiare.

– E voi?

– Per un po' cambiammo strada, ma l'unica fontanella era davanti al negozio del quartiere e cosí, quando ci ve-

[7] La verità sullo yeti, l'abominevole uomo delle nevi, è molto triste. Lo yeti non è – come si racconta in giro – l'ultimo esemplare della specie che rappresenta l'anello di congiunzione mancante tra l'uomo e le grandi scimmie, un ramo secco dell'albero evolutivo. Lo yeti era un uomo cinese, un tale Hiang Chang Chang, afflitto da tre distinte anomalie genetiche: l'ipertricosia, l'albinismo, il gigantismo. In pratica il signor Hiang era alto piú di due metri e aveva il corpo interamente ricoperto di peli bianchissimi. Per sottrarsi alla vista degli altri esseri umani, Hiang Chang Chang decise di rifugiarsi sull'Himalaya. Ma l'esistenza da eremita ti ammazza di noia e cosí, un bel giorno, si rase per bene e scese a valle, inseguendo il suo sogno nel cassetto: diventare un parrucchiere.

niva sete, dovevamo andare a bere lí. Purtroppo a Athanasius Flynch dava fastidio anche questo.

– Chiamò di nuovo la polizia?

– No, neppure la polizia può vietare a dei ragazzi di bere a una fontana.

– E quindi?

– Quindi l'acqua diventò grigia e con un sapore schifoso. Qualcuno aveva avvelenato il pozzo, buttandoci dentro del piombo.

– Non è possibile! Nessuno può essere cosí cattivo.

– Qualcuno sí, nano.

– Avete scoperto chi è stato?

– No, nano, ma la giocattoleria Flynch a quel tempo produceva soldatini di piombo...

– Che razza di bastardi...

– Mio padre non era istruito, ma se qualcosa gli sembrava ingiusto niente poteva fermarlo. Quando lo venne a sapere, si fece fare da un compagno tipografo un cartellone con la scritta: «La giocattoleria Flynch avvelena i bambini» e si piazzò davanti all'entrata del negozio giorno e notte.

– E il padre di Flynch?

– Provò a convincerlo, giurò che lui con la storia del piombo non c'entrava, promise che avrebbe risanato la fontana, gli offrí perfino dei soldi, ma mio padre non se ne andò.

– Testardo. Ecco da chi hai preso...

Luciano fece un sorriso triste, poi lentamente si strinse tra pollice e medio la base del naso.

– L'incidente capitò il sesto giorno. Una lastra di ardesia cadde dal terzo piano e colpí papà sulla testa, uccidendolo.

– Che ci faceva una lastra di ardesia in una giocattoleria?

– Era uno stampo per i soldatini di piombo. Al terzo piano c'era la fonderia.

– Era stato il padre di Flynch?

– Il giudice disse che non poteva essere lui. Accusò un operaio disattento.

Il nano Efisio abbassò lo sguardo. Luciano proseguí: – Ma quando ebbe bisogno di due piccoli spazzacamini, Athanasius ci chiamò. Forse sentiva di doverci qualcosa... E al contempo faceva la figura del buono con i suoi clienti.

– Mi dispiace, uomo, è una storia molto triste. Ma le valchirie che cosa c'entrano?

– Le valchirie? – ripeté Luciano, poi tacque massaggiandosi le palpebre come per cancellare una macchia. – Si avventarono sul corpo di mio padre, in groppa ai loro schifosi cavalli. Dovevi vederle come ridevano e gridavano mentre lo divoravano con le loro bocche nere. È cosí che quelle luride trasportano gli eroi fino al Valhalla. Nella pancia.

Il nano strinse le labbra rassegnato.

– Non c'è giustizia a questo mondo, Luciano.

– Per questo non bisogna mai smettere di cercarla, nano.

– Sí, ma gli uomini non saranno mai uguali, Luciano. La vita è una gara.

– Sí, ma se non si parte alla pari, la gara è truccata. I bambini sono uguali e devono essere uguali. Punto. Per i grandi è un'altra storia, potranno anche sbranarsi, ma da piccoli no. I figli dei poveri devono avere quanto quelli dei ricchi.

– Tanti auguri, uomo.

– Grazie, nano. Un bambino non è dei suoi genitori. Non è proprietà privata. È di tutti, e tutti dovrebbero occuparsi di lui.

– Sarà, uomo! Ma è un sogno impossibile: le differenze ci saranno sempre.

– Embe'? Oggi noi cominciamo lo stesso e domani, per una volta, a Natale, tutti i bambini del mondo saranno uguali... O almeno un po' meno diversi.

Preso dall'entusiasmo, scattò in piedi e si mise a urlare uno slogan sotto lo sguardo allibito di Efisio.

– I bam-bi-ni so-no u-gua-li! I bam-bi-ni so-no u-gua-li! Viva l'ugua-glianza! Viva gli ugua-gliatori!

Si fermò solo perché il nano gli tirò la giacca. Sui sedili posteriori, la bambina si era svegliata e aveva sbarrato i suoi immensi occhi verdi. Anche al buio si vedeva che erano chiari, che le labbra erano rosse e il naso pieno di lentiggini. Spalancò la bocca per lo stupore e lo spavento. Cercava di respirare, deglutiva in continuazione senza riuscire a parlare, poi finalmente nell'aria si diffuse la sua voce sottile.

– Chi siete voi due?

Sentendola, anche il fratello si svegliò e si stropicciò gli occhi.

Nessuno sapeva che cosa dire. Luciano si voltò verso Efisio, Efisio si voltò verso le renne e la prima renna, Olga, parlò.

– Avanti, che cosa aspettate? Rispondete alla bambina.

Il nano saltò in piedi sul sedile, come per fare un comizio, ma la mossa spaventò Pietro, che si gettò sopra la sorella per proteggerla e trascinarla giú dalla slitta, bloccandosi soltanto quando comprese che stavano volando a centinaia di metri da terra. A quel punto si rigirò cauto e si rimise seduto, immobile, gli occhi puntati sul nano, che fece un saltello.

– Buonasera, bambini! Il mio nome è Efisio Fois. Sono il nano picchiatore!

Pietro sollevò l'indice e lo puntò verso Luciano.

– E io mi chiamo Luciano Kristmas!

P e Mad continuavano a essere sgomenti. Il nano s'interruppe perché non sapeva come andare avanti. Gli venne in aiuto Luciano.

– E voi due come vi chiamate?

I bambini si scambiarono un'occhiata d'intesa.

– Io sono Pietro…

– E io Maddalena…

Efisio fece la voce gentile.

– E quanti anni avete, Pietro e Maddalena?

– Io ne ho dodici, Mad ne ha nove.

Luciano sorrise e parlò con voce suadente.

– Complimenti, ragazzi! Siete i vincitori dell'edizione annuale del Premio mondiale notte di Natale.

La prima renna approvò spostando il muso su e giú. Il nano lo guardò con aria interrogativa. I bambini anche. Ma Luciano ormai era lanciato.

– Ogni anno, la notte della Vigilia, due bambini vengono estratti a caso per accompagnare Babbo Natale nel suo giro in slitta intorno alla Terra.

Maddalena lo interruppe.

– Ma tu non sei Babbo Natale!

Pietro si rivolse alla sorella.

– Te l'avevo detto che Babbo Natale non esiste.

– Babbo Natale esiste eccome, cari miei. Ma quest'anno ha la febbre e ha incaricato me, che sono suo fratello piú piccolo, e il qui presente nano picchiatore, il signor Efisio, di distribuire i regali. E siete stati sorteggiati voi due. Ci divertiremo un sacco! Ve lo assicuro.

Il nano scalpitò. Anche lui moriva dalla voglia di dire qualcosa per rassicurare i bambini.

– Naturalmente ognuno di voi può scegliere un regalo in piú oltre a quelli che avete già chiesto a casa. Il regalo piú bello del mondo. Tutto quello che volete.

Luciano lo fermò.

– Ma ci sono alcune regole… Deve essere un regalo da bambini, cioè per esempio non potete scegliere una casa, una fabbrica, un'automobile o un milione di euro. E deve essere concreto: non potete scegliere la pace o l'allegria. Ma soprattutto dovete sceglierlo insieme, che è la cosa piú difficile.

La prima renna bramí per richiamare la loro attenzione. Davanti alla slitta, bianca nel buio, si ergeva un'immensa figura femminile con il braccio destro sollevato e una torcia accesa in mano. Maddalena mormorò incredula.

– Ma quella signora assomiglia alla Statua della Libertà...

Capitolo 21

Luogo: le cucine di Ullapoool, uno stanzone smisurato pieno di lavelli, frigoriferi, fornelli, ripiani e coltelli, in cui si preparano le cibarie destinate alla mensa del villaggio. Illuminazione: quasi assente. Modalità: la riunione doveva rimanere segreta. Katerineen Høgli si era tolta le scarpe ed era salita su un tavolo d'acciaio ai cui piedi si erano riunite le cuoche armate di schiumarole, mattarelli e forchettoni, guidate da Vanna Van de Kerkoff, un'elfa rotonda che aveva la responsabilità delle cucine. Intorno si era radunata la folla anonima degli operai e delle operaie, degli impacchettatori e delle postine, degli addetti alla pulizia e dei collaudatori, di tutti coloro, insomma, che faticano nell'ombra per dodici mesi all'anno affinché il Natale abbia luogo. Erano gnomi, elfi, folletti dei boschi e delle montagne, nani comuni e delle Fær Øer, erano le bestiole scese dai rami dell'albero, erano i liberi cittadini di Ullapoool.

L'atmosfera era carica di attesa. Katerineen non aveva ancora incominciato a parlare. Aspettava qualcuno. La folla fu percorsa da un brivido. Ondeggiò, brulicò e alla fine si aprí per lasciar passare un nano pelato con la barba riccia e rossiccia lunga fino alle ginocchia. Indossava occhiali da sole avvolgenti e non si capiva cosa potesse vederci con quel buio. Avanzò baldanzoso, fiero della sua T-shirt dei Rolling Stones e dei tatuaggi rock che gli decoravano i bicipiti. Era Popi Wolinski, il leader carismatico dei nani operai, una delle figure piú rispettate e dei sex symbol piú desiderati di Ullapoool. Dopo aver lanciato un cenno di saluto a Katerineen, la raggiunse sul tavolo con un balzo da gattone, senza sfilarsi gli anfibi. Le fece il baciamano, e lei fu felice che l'oscurità nascondesse il suo rossore. Si schiarí la gola per farsi coraggio.

– Per prima cosa, anche a nome del dottor Kristmas, desidero ringraziarvi. So che tutti avete bisogno di riposo. Ma l'ora è grave. Approfittando della malattia di Niklas Kristmas, alcuni dirigenti infedeli hanno preso una decisione che rischia di macchiare per sempre di sangue il Natale, il nostro Natale. Hanno scatenato le valchirie contro Luciano Kristmas ed Efisio Fois.

Un brusio di orrore si propagò tra i presenti. Creature tanto immonde non avrebbero mai dovuto avere niente a che fare con il Natale. Era una vergogna. Popi fece un passo in avanti e con il suo braccio tatuato cinse i fianchi di Katerineen. Stava prendendo in mano la situazione. Era venuto il suo turno. Parlò con il piglio del leader.

– Amici, amiche, la Storia ci chiama! Il nostro compito è difendere il Natale! Il nostro compito è difendere il suo fondatore, il signor Niklas Kristmas!

Si prese una pausa sapiente, poi la sua voce si fece stentorea, ma ancora piú cavernosa del solito.

– Dunque, il nostro compito è difendere dai traditori i nostri fratelli Luciano Kristmas ed Efisio Fois, il caro Efisio, nostro amatissimo nano picchiatore!

Altra pausa, e parole scoccate con gravità e lentezza.

– C'è un solo modo per impedire che il loro sangue innocente venga versato. Fermare le valchirie, queste creature nemiche del popolo. Tutti noi abbiamo genitori, zii, cugini, amici che, dopo una vita di duro lavoro, sono andati in pensione a godersi il meritato riposo.

Ognuno pensò ai propri cari, a chi aveva contribuito lavorando alla prosperità comune. Popi proseguí.

– E che cosa diventa un nano operaio quando va in pensione?

La sala bisbigliò nel tentativo di indovinare. Poi riprese: – Diventa un nano da giardino! Ecco la risposta. Ogni operaio, ogni operaia ha almeno un parente disperso in qualche angolo del mondo su cui contare. Allertateli, ovunque essi siano, stanotte. In difesa dei nostri compagni! In difesa del nostro Natale!

La folla scoppiò in un applauso e Popi, invece di soffocarlo come avrebbe dovuto per non fare rumore, se lo prese tutto, fino all'ultimo battito. Poi, con un gesto eloquente, cedette la parola a Katerineen, che si fece avanti, ma si bloccò appena si accorse che, dal fondo della sala, una voce concitata ripeteva il suo nome.

– Katerineen! Katerineen! È qui Katerineen?

Qualcuno vestito di bianco si faceva largo tra la gente, ma era troppo buio per capire chi fosse.

– Katerineen! Sei tu?

La figura ormai era arrivata sotto il tavolo. Lo riconobbe. Era il dottor Kyösti Kallio. Popi si accovacciò e lo sollevò afferrandolo da sotto le ascelle. Dopo essersi sistemato il camice, il medico porse alla donna una busta. Poi si alzò in punta di piedi per parlarle all'orecchio.

– Hanno rapito Niklas, Katerineen.

Capitolo 22

Le palpebre di Perparim Litmanen si abbassarono per la terza volta in meno di un minuto. Il sonno, inesorabile, calava. Non è facile rimanere svegli su una sedia a dondolo nel cuore della notte, dopo una giornata sfiancante, mentre intorno a te gli ingranaggi di un Orologio talmente lento da sembrare immobile lavorano impercettibilmente e il letto ammicca invitante a meno di un metro. Se in piú ti sei appena scolato mezza fiaschetta di *schnapps* ai mirtilli, è ancora piú dura. Perparim Litmanen, gnomo orologiaio da tre generazioni, socchiuse gli occhi e incominciò a russare, ma con discrezione. Era l'una oramai, mezzanotte e cinquantuno per essere precisi, e il tempo rotolava pian piano verso l'alba. Ogni ingranaggio funzionava a dovere, producendo un pigro fluire, prossimo alla palude del tempo Zero^{+}.

Lo gnomo orologiaio richiuse le palpebre, tirò quattro o cinque ronfate, accennò perfino qualche fischio, ma subito nel sogno gli apparve il fantasma del signor Kristmas, deceduto a causa della sua inadempienza, che gli intimava di svegliarsi. Compiendo uno sforzo inumano (o meglio, ignomesco), Litmanen si obbligò a riaprire un occhio, il sinistro. Controllò l'Orologio. Era okay. Esaminò di nuovo nottolini, leve e arpionismi. Tutto perfetto. Gettò anche un'occhiata al di là della finestra. La luna splendeva sulla piazza, illuminando il Grande Abete e il Piccolo Pozzo di Gulon, il mostro mangiaregali, dove venivano buttati i giocattoli dei bambini in punizione. Il dottor Niklas Kristmas doveva darsi pace. Un pisolino, Perparim poteva permetterselo. Anzi, doveva permetterselo. Se lo era meritato. Le palpebre calarono di nuovo, come un sipario. Suo nonno Perpahr e suo padre Perpehr, dalle foto sul tavolo, lo scrutarono con severità.

La slitta planò su Central Park, toccando terra nei pressi del laghetto gelato. Alberi, prati e sentieri erano appena coperti da un sottile strato di ghiaccio. Nevicava lentissimo. Qualche solitario fiocco stava sospeso a mezz'aria. Luciano guardò Efisio, che guardò Maddalena, che guardò Pietro, che guardò Luciano, che saltò giú dalla slitta di ottimo umore.

– Qualcuno sa dirmi per caso dove vanno a dormire d'inverno le anatre di Central Park?

Maddalena si strinse nelle spalle, Pietro fece una smorfia perplessa, ma Efisio, sceso a terra, già li spronava a seguirli.

– Che fate lí impalati? Saltate giú, ci darete una mano.

Maddalena schizzò, ma Pietro la fermò.

– Siamo ancora in pigiama, Mad! Prenderai freddo!

Il signor Luciano li chiamò raggiante da dietro la slitta.

– Niente paura, ragazzi!

Ai suoi piedi c'era un baule traboccante saltato fuori chissà come dal bagagliaio.

– Qui c'è tutto quello che vi serve! Non è roba di gran moda, d'accordo, ma non fateci caso, dev'essere un rimasuglio rimasto nel bagagliaio un bel po' di Natali fa. Sarete bellissimi lo stesso!

Nonostante la precisione del folletto logistico e gli sforzi di Jukka e Pukka, nei recessi infiniti del baule qualcosa andava sempre perduto o veniva recapitato dopo molti anni. Un anziano signore si era ritrovato sotto l'albero la fionda che aveva chiesto a dieci anni. Luciano Kristmas agitò una mano nell'aria con fare invitante. Incuriositi, Pietro e Maddalena andarono a vedere.

– Scegliete quello che vi piace. Senza complimenti!

Erano gli abiti piú ridicoli che avessero mai visto. C'erano colbacchi di pelo, pacol afghani e shakò austroungarici, poncho delle Ande, *lederhosen* tirolesi, eskimo eschimesi e anorak degli inuit della Groenlandia, stivalacci da baleniere del mar dei Čukči e calzettoni da ussaro. In giorni normali, i due fratelli sarebbero morti di vergogna alla sola idea di guardarli, dei vestiti cosí, ma quella non era una notte normale. Inoltre, la maggior parte degli indumenti era di origine animale, e nessuno dei due era disposto a indossare pellicce. Il nano Efisio lo intuí.

– Non vi preoccupate, ragazzi. Accettiamo soltanto materiali lasciati in eredità da animali deceduti di morte naturale. Nessuno è stato ucciso per diventare un vestito.

Convinti dal nano e dal freddo, Pietro e Maddalena abbandonarono le ultime resistenze e si buttarono a capofitto nel baule, confidando nel fatto che comunque non li avrebbe mai visti nessuno, mentre gli altri due preparavano i sacchi che avrebbero distribuito a Manhattan. Mad scelse nell'ordine una deliziosa tunica rosso fuoco – Luciano le spiegò che era un *gho* bhutanese –, un cappottone *tulup* di àstrakan nero lungo fino alle ginocchia e, ai piedi, un paio di *valenki*, caldissimi stivali russi di feltro. In testa si calcò un camauro, uno dei berretti del papa, perché il velluto rosso e l'ermellino bianco[8], piú che la Chiesa, le ricordavano la divisa di Babbo Natale. Pietro optò per un passamontagna arancione, un maglione blu con il collo al-

[8] L'ermellino in questione donò il proprio mantello alla cittadinanza di Ullapoool dopo essere evaso da un allevamento di pellicce.

to da pescatore di aringhe, calzoni alla zuava di fustagno e un *cojoc*, il tipico cappotto di montone della Romània. La scelta delle scarpe fu meno originale: un paio di anfibi dell'esercito americano. A qualche passo di distanza, Luciano li osservava divertito.

– Adesso possiamo andare, ragazzi, o la sfilata autunno-inverno durerà ancora molto?

P e Mad risero. Quei due erano proprio strambi. Si incamminarono per Central Park carichi di sacchi pieni di regali. Non avevano fretta, perché intorno a loro il movimento del mondo era quasi bloccato. I semafori lampeggiavano calmi, come luci fisse arancioni. Ogni cosa fluiva statica, ma Maddalena era cosí eccitata che non la smetteva di parlare, voleva sapere tutto, si aggrappò alla giacca di Luciano che si sentí lusingato per il contatto, e non gliela lasciò fino a che quello non le disse tutto ciò che sapeva.

– Signor Luciano, deve essere chiaro che a me, senza offesa, delle anatre di Central Park non è che interessi piú di tanto. Forse vanno a trovare le zie in Florida, oppure muoiono di freddo, poverine. Ma lei, poi, è sicuro che vadano via d'inverno? Perché forse non si spostano proprio, forse si nascondono nel primo riparo che trovano. Sono le persone che quando fa freddo non escono di casa e, non vedendole, pensano che siano volate via, invece di ammettere di essersi rintanate loro.

Forse la bambina aveva ragione. Quella storia delle anatre a Luciano Kristmas era sempre sembrata una mezza idiozia: gliene aveva parlato un ragazzino tanti anni prima, una notte in cui Luciano faceva ancora il tassista a New York. Maddalena colse la sua distrazione e gli scrollò il braccio.

– A me quello che interessa è come funziona il Natale.

– Chiedi!

– Che cosa fa Babbo Natale tutto l'anno? Le lettere dei bambini arrivano con la posta normale o con dei postini speciali? Come fa Babbo Natale a leggerle tutte? Come fa Babbo Natale a fare tutto da solo? Chi fa i pacchetti? Quelli che fanno i pacchetti fanno anche i fiocchi? Chi traduce le letterine dei bambini? Babbo Natale preferisce l'albero o il presepe? Gesú Bambino fa qualcosa? Babbo Natale è il fidanzato della Befana? Come fanno a starci nel baule cosí tanti pacchetti? Chi paga? Com'è possibile consegnare tutti i regali in una notte soltanto?

Finita la raffica, la bambina tirò un bel respiro per riprendere fiato. Luciano le spiegò degli elfi postini e dei folletti traduttori, dei nani operai e degli impacchettatori, degli addobbatori e delle infiocchettatrici; le disse che per preparare il Natale bisognava lavorare tutto l'anno, che la Befana era una buona conoscente, mentre Gesú Bambino lui non lo aveva mai conosciuto, e le raccontò dei giganti Jukka e Pukka Lehtovara, incaricati di riempire il baule infinito.

Pietro, che camminava vicino a sua sorella, sentenziò: – Uguale alla pancia della nostra bisnonna Isolina…

Mad non era ancora soddisfatta. Il signor Luciano aveva lasciato fuori la domanda che le interessava di piú.

– Sí, ma com'è possibile consegnare tutto in un'unica notte?

Luciano balbettò qualche scusa, non era sicuro di poter dare un'informazione tanto riservata e, per ingraziarsela, le promise che alla fine del viaggio l'avrebbe portata con sé a visitare Ullapoool. Ma Mad non si lasciò impietosire e mise il broncio.

– La prego, signor Luciano. Se dobbiamo stare insieme tutta la notte, è necessario che io abbia le informazioni basilari, altrimenti la nostra collaborazione sarebbe falsata.

Luciano cedette e le raccontò del signor Perparim Litmanen e del Grande Orologio di Ullapoool, e per la felicità Maddalena batté le mani.

– Avevo ragione io! Pietro, hai sentito? Lo gnomo orologiaio! Lo gnomo orologiaio! Esiste!

Lo gnomo orologiaio aprí un occhio e sbirciò l'ora. Il quadrante segnava l'una e un minuto. Aveva dormito dieci minuti e non si erano verificati problemi. Il tempo scorreva ancora lentissimo. Osservò le rotelle che giravano al ritmo giusto: nessuna anomalia o accelerazione. Poteva voltarsi dall'altra parte e rimettersi a sonnecchiare. Nell'istante in cui chiuse gli occhi, però, il dente di un cricchetto, un minuscolo insignificante ingranaggio, si piegò e il tempo aumentò impercettibilmente il passo.

Luciano, Efisio, Pietro e Maddalena attraversarono molte strade – la 1st, la 2nd, la 3rd, la 4th, la 5th, la 6th, la 7th, l'8th, la 9th, la 10th e l'11th Avenue – e ciascuna gli sembrò interminabile. Consegnarono regali anche a Park Avenue, Lexington e Madison, nei *Dakota Apartments*, a Harlem e nel Greenwich Village, nell'East e nel West Side e a Broadway, naturalmente, a cominciare dal *Flatiron Building*. Passarono anche da Wall Street, dove non c'erano bambini. Luciano indicò le bandiere americane appese tra le grandi colonne.

– Questa è la Borsa di New York, ragazzi, un posto dove i soldi inventano altri soldi.

I bambini e il nano non capivano. Luciano provò a spiegare.

– È come l'abero di Pinocchio, quello che secondo il Gatto e la Volpe produceva monete d'oro. Solo che qui accade davvero: se pianti monete puoi raccogliere monete.

A Mad non pareva vero.
– È meraviglioso, signor Luciano. Ne possiamo piantare qualcuna anche noi?
Luciano cambiò tono. Ora era serio.
– Ma per ogni moneta che nasce ne scompaiono altre perché quest'albero magico è diventato cosí forte che le sue fronde e radici hanno tolto acqua, sole e ombra agli alberi reali, che infatti ogni anno producono meno frutta.
– Allora è un *matapalo*!
Pietro credette che sua sorella fosse impazzita.
– Un mata-cosa?
– Un *matapalo*! L'ho letto in biblioteca. È una piantina che cresce intorno all'albero, lo soffoca e prende il suo posto...
Luciano assentí, ma Mad non aveva ancora finito.
– Mentre sta lí tutta tronfia a vantarsi di essere diventata un grande albero, arriva un altro *matapalo* e soffoca lei.
Pietro fu lapidario.
– Prima o poi il *matapalo* arriva per tutti.
Visitarono appartamenti di ricchi passati, futuri e apparenti, e case di persone normali che si sforzavano di sentirsi privilegiate per convincersi di essere felici. Entrarono nelle case dei poveri. Salirono in cima al Chrysler, all'Empire State Building e al One World Trade Center, dove guardarono il suolo cinquecentoquarantuno metri piú in basso. Ogni centimetro di asfalto, marmo, terra e cemento si era ricoperto di un velo di neve, macchiato soltanto dalle loro otto orme. I fiocchi sospesi nell'aria piano piano si posavano a terra. Fu l'unico, trascurabile segno che il tempo si era rimesso in cammino. Davanti al Rockefeller Center Pietro indicò la base di un grande albero di Natale tempestato di palline colorate.
– Che cosa sono quegli stracci, signor Efisio?
Il nano non sapeva che cosa rispondere, cosí parlò Luciano.

– Sono vestiti usati. A Natale i ricchi li lasciano ai poveri. È una tradizione di New York.
Mad domandò candida: – Ma almeno li lavano prima di darglieli?

Il signor Perparim Litmanen sobbalzò, emise un grugnito e si svegliò di soprassalto. Guardò l'ora, per prima cosa. La radiosveglia segnava l'una e undici. Erano passati altri dieci minuti esatti, non uno di piú, non uno di meno. Si compiacque con sé stesso: riusciva a concedersi sonnellini perfetti, regolari come uova di gallina. Era cosí voglioso di dormire e cosí orgoglioso della precisione dei propri pisolini che si dimenticò di controllare il Grande Orologio e non si accorse che il tempo, per quanto ancora rallentato, stava accelerando.

Adesso era Efisio a tenere per mano Maddalena. Luciano e Pietro camminavano piú avanti. Stavano risalendo la 42nd Street in direzione Grand Central Station, la stazione dei treni che il sindaco, senza tanti clamori, aveva ordinato di aprire ai senzatetto non appena la temperatura fosse scesa a zero. Nessuno parlava, neppure Maddalena, stranamente. All'entrata, sopra il portale, c'era un grande orologio bianco con le lancette nere. Dentro, la stazione si apriva come una cava immensa, una pancia, una bolla, un rifugio sotterraneo invaso da migliaia di persone che dormivano per terra. Era la scena di una guerra che nessuno aveva dichiarato e che tutti ignoravano, soprattutto le vittime, ma che veniva combattuta ogni giorno e ogni notte. Maddalena andò da suo fratello.
– Chi sono quelli, P?
– Persone senza casa, credo, Mad.
– E perché ci sono cosí tanti bambini?

Il nano si intrufolò nella conversazione.

– Perché i bambini sono gratis. Sono l'unica cosa preziosa che può avere anche chi non ha niente.

I fratelli, però, si erano già distratti: vicino a Luciano, che stava distribuendo i regali, un bambino si era rigirato nel sonno. L'immobilità che li aveva avvolti e protetti si stava sfilacciando. Per un istante trattennero il fiato, ma il bambino non si mosse piú. Luciano sibilò all'indirizzo di Efisio.

– Sarebbe il caso che a Ullapoool il nostro caro gnomo orologiaio si rimettesse al lavoro, nano.

– Avrà i suoi buoni motivi, signor Luciano, – lo difese Maddalena.

Ripresero la distribuzione, lasciando a chi dormiva di sotto quanto non avevano consegnato a chi dormiva di sopra. Uscirono tristi. Raggiunsero Central Park in pochi minuti. Pietro accarezzò il muso della prima renna.

– Chi indovina dove vanno a dormire i poveri quando il lago di Central Park diventa ghiacciato?

Luciano abbozzò un sorriso: quel ragazzo parlava solo quando lo decideva lui, come le renne, ma sapeva riconoscere all'istante il giusto e l'ingiusto.

Il signor Perparim Litmanen si rannicchiò sulla sedia a dondolo, seguitando imperterrito a russare. I dieci minuti ordinari erano scoccati, ma lui non si era svegliato. Per fortuna la situazione era stabile. La leva azzeratrice continuava ad azzerare i fusi orari. Il dente del cricchetto, pur piegato, tratteneva ancora la corsa del tempo, che scorreva ancora abbastanza lento, per quanto totalmente incustodito. Gli incaricati di Babbo Natale riuscirono a terminare le consegne a Brooklyn, Harlem e nel Bronx, poi visitarono i pescatori di astici del Maine e i cacciatori di balene di Nantucket, i miliardari di Martha's Vineyard e i figli dei loro domestici, i boscaioli del Vermont e gli operai di Detroit. Attraversarono le sterminate foreste del Nord e virarono a sud, ammirando frutteti, deserti di sabbia e di sale, canyon colorati e il delta del Mississippi, e ogni tanto qualcuno chiacchierava e qualcun altro si concedeva un sonnellino; Pietro spesso giocava con il cellulare e ogni tanto tentava uno sbadiglio; Maddalena insisteva perché le dicessero se il Libro Magico per lei ce lo avevano o no, ma Luciano ed Efisio le opposero un riserbo tombale. Andarono ovunque, sempre cercando di dare secondo uguaglianza, non secondo pietà.

Ogni tanto ripensavano alle valchirie, ancora increduli di essere riusciti a seminarle e domandandosi chi gliele avesse mandate. E ogni tanto, a Ullapoool, il signor Perparim Litmanen aveva un altro sussulto ma non si svegliava, mentre nel mondo accadeva di tutto: i nani operai telefonavano ai parenti in pensione sparsi nei giardini dell'intero pianeta, pregandoli di proteggere i loro compagni in caso di un nuovo attacco delle valchirie; Katerineen e Popi Wolinski architettavano il piano per liberare Niklas dalla sauna in cui era stato rinchiuso e i manager traditori tramavano insieme a Panicus Flynch su come prendersi il Natale, mentre le valchirie girovagavano furibonde nella notte nera che avvolgeva la Terra sperando di imbattersi di nuovo, per caso, in una traccia dei nemici che continuavano le consegne in Centroamerica e nelle Antille piccole e grandi, in Venezuela e Colombia, Perú e Paraguay, fin quando, qualche minuto Zero^{+} piú tardi, la slitta si posò in uno spiazzo disboscato nel centro esatto dell'Amazzonia. Ebbene, mentre tutto questo accadeva, il signor Perparim Litmanen, gnomo orologiaio da tre generazioni, continuò beatamente a ronfare.

Capitolo 23

Era l'elicottero piú grande del mondo. Era un Mi-26 di fabbricazione sovietica. Un bestione cosí grande che in Russia era soprannominato *Korova*, la mucca. Apparteneva a Panicus Flynch. Otto pale, un diametro rotore di trentadue metri, peso massimo al decollo di cinquantasei tonnellate, duecentonovantacinque chilometri all'ora di velocità massima e due turbine Ivchenko Progress/Zaporozhye D-136. In pancia, per gli spostamenti piú agili, trasportava un altro elicottero, il GEN H-4, il piú piccolo del mondo, praticamente un seggiolino appeso a due pale rotanti. Ma per Flynch si trattava di quisquilie. L'unica caratteristica che davvero lo interessasse del suo mostro volante erano i quaranta metri di lunghezza, che gli permettevano di allenarsi anche in volo.

In quel momento, però, mister Flynch era troppo furibondo per correre. Pagava un mucchio di soldi a quattro incapaci che non erano stati neanche in grado di catturare due scimuniti, due illusi, un ridicolo uguagliatore e un nano deforme. Sprofondato nella poltrona di cavi d'acciaio che costituiva l'unico arredo dell'abitacolo, Flynch respirava rumorosamente dal naso carnoso, contraendo e rilassando le narici simili a creature autonome, separate dal resto del corpo. Il neo peloso sulla fronte non c'era piú, in compenso gliene era spuntato uno identico vicino all'orecchio. Possibile che si spostasse? Il Mi-26, «la Mucca», ebbe una scossa e i rotori rallentarono. Il pilota annunciò che era incominciata la discesa.

Olaf Sparv, smarrita l'abituale arroganza, parlò con inusuale incertezza.

– Seguitemi. Il capo ci vuole vedere.

L'elfo consigliere si infilò scarpe e cappotto, e aprí la porta che conduceva all'esterno. Gli altri tre gli si affannarono dietro. Attraversarono la piazza di Ullapoool, sperando di non essere visti, il Grande Abete e il pozzo del mostro mangiaregali. Aimo Kivimäki come sempre arrancava.

– Dove stiamo andando, Olaf?

Sparv non lo degnò di uno sguardo, figurarsi di una risposta, ma continuò a farsi strada nella neve fino alla periferia del paese. Giunsero al deposito, un lungo edificio grigio e squadrato, su cui l'elfo consigliere si inerpicò usando la scala antincendio. Dopo di lui salirono il troll informatico Ralf Rattus, Pippa Propp e Kivimäki, che si mise a piagnucolare.

– Che cosa ci stiamo a fare qui? Me lo vuoi dire? Fa freddo!

Sparv indicò in alto e tutti alzarono gli occhi. Nel buio, una ventina di metri sopra le loro teste, comparvero le luci rosse, gialle e bianche di un elicottero di dimensioni mostruose. Era la mucca volante di Panicus Flynch. Ne discesero quattro cavi d'acciaio cui erano appese quattro imbracature. Olaf Sparv indossò la prima, Ralf Rattus la seconda, Pippa Propp la terza; Aimo Kivimäki nella quarta non ci entrava perché i suoi rotoli di ciccia strabordavano in ogni direzione. Fu costretto ad aggrapparsi alla meglio, infilando nell'imbracatura una gamba soltanto.

Appena i traditori furono entrati, sei strilli raggelanti squarciarono il cielo. Convocate da Panicus Flynch, anche le valchirie stavano arrivando. Avevano galoppato sopra Minsk, Vilnius e Kaliningrad, affrontando i venti gelati del mar Baltico e le foreste bianche della Finlandia, ma piú i cavalli si avvicinavano a Ullapoool, piú si eccitavano schiumando dalla bocca, aizzati dalle urla bestiali delle loro padrone, che stringendogli le criniere li costrinsero a rallentare per entrare nell'elicottero dal portellone sinistro.

Panicus Flynch inarcò un sopracciglio, gli altri sgranarono gli occhi increduli. Soltanto Pippa Propp, che si credeva la piú bella del mondo, degnò di appena uno sguardo i corpi nudi delle nuove arrivate, per squadrare con sufficienza le loro strane cavalcature. Dopodiché si voltò verso i maschi.

– E quelle bestiacce di che razza sarebbero?

Per tutta risposta le bestiacce ulularono. Hildr, quella con i capelli rosso sangue, fece un passo in avanti.

– Xono ippolüppi, zignorrinna kretinna. Kafalli ke zi trazformanno in lüppi. Noi, infece, ziamo falkirie, metà donne e metà korfi, e mangiamo karne umana, zoprattutto di krazze zignorine guztoze...

Aimo Kivimäki incominciò a tremare. Con due balzi Skögul, la valchiria nera, gli fu sotto e incominciò ad annusargli la faccia.

– Te non ti preokkuparre, ciccino. A noi i codarrdi ci ffanno skiffo. Noi pappiamo zolo gli erroi.

Pippa Propp stava per intervenire in soccorso del suo principale, ma si sentí scoraggiata. Aimo non poteva farsi trattare cosí dalla prima venuta. Avrebbe dovuto mostrare un po' di coraggio.

Panicus Flynch decise che ne aveva abbastanza.

– Adesso basta, Skögul. Lo so che avete fame. Ma la colpa è vostra. Non dovevate farveli scappare.

Gunnr ringhiò. Geirskögul fece il gesto di vomitare. Hildr si picchiò la tempia con l'indice. Skögul rispose: – Ziete foi ad aferli perzi. Zono i tuoi amiketti ke non zanno piü dof'è folatta la zlitta kon zopra qkvei tue e i pampini ddormentatti...

Flynch trasalí.

– Quali bambini, Skögul?

– Tue appettittozizzimi frattellini, maskietto e femminuccia. Non te l'afefo dettto, Zlynch? Non folefano ke li pappazzimo.

Panicus Flynch si accarezzò il neo sul labbro. Bisognava eliminare tutti i testimoni. Quei bambini li avrebbe fatti sparire.

Pippa Propp sbuffò sconsolata.

– E pensare che per rintracciarli basterebbe un telefonino...

Gunnr si pietrificò.

– Il racazzetto cell'hà un tteleffoninnolo.

Flynch la scrutò interrogativo.

– E tu come lo sai?

La valchiria mostrò un caricatore.

– Kvesto è il zuo karika-telefoninnolo. L'ho prezo sul zuo komoddinno. I rakazetti non zi ztakkano mai da kvesti maleddetti ttelefoninnoli...

Skögul si precipitò a strappareglielo di mano.

– Kvi c'è anke zkritto il nümerro!

Sulla presa, in effetti, era incollato un pezzetto di nastro adesivo su cui era scritto a pennarello un numero di telefono. Ralf Rattus, il troll informatico, che per natura non tendeva all'ottimismo, scosse la testa.

– A quest'ora sarà scarico di sicuro!

Skögul lo liquidò.

– In ferittà è pazzato zoltanto un'orra, impecille...

Flynch aveva già afferrato il SuperPad.

– Dettami il numero, Gunnr.

La valchiria avvicinò i suoi occhi da corvo alla scritta incollata sul caricatore.

– Trrre zettte trrre ôtttô zinkue ôtttô qvatttrrro ôtttô qvatttrrro qvatttrrro...

Mad, P, Luciano ed Efisio si sfilarono in fretta e furia i vestiti da inverno e rimasero in mutande sotto una cascata di pioggia che allagava la terra. È calda e umida la notte di Natale in Amazzonia. I bambini saltavano e ridevano, le teste rovesciate all'indietro, le bocche spalancate nel tentativo di acchiappare le gocce grasse come rane che precipitavano dall'alto. Poi, di colpo, cosí com'era incominciata, la pioggia cessò e il caldo riprese a dominare la scena. Le renne non se la sentirono di rimanere lí da sole a sudare e li seguirono su un sentiero di terra battuta che si addentrava nella foresta. Erano carichi di regali, ma questa volta non c'erano lampioni a illuminare i loro passi. Efisio faceva strada con una torcia. Luciano veniva per ultimo. In mezzo, i bambini parlavano con gli occhi rivolti a un cielo talmente nero e cosparso di stelle da sembrare piú vicino. La foresta era percorsa da continui richiami e brusii, rumori lontani che all'improvviso ti sbocciavano accanto, perché anche la vegetazione si muoveva, invadendo ogni centimetro. Nel cielo passò al rallentatore una stella cadente. Quel posto era cosí vivo che faceva paura. Le renne, camminando in fila, si avvicinarono a Pietro e Maddalena, che sentí il bisogno di ascoltare la voce di suo fratello.

– Pietro, dobbiamo ricordarci di scegliere il regalo del Premio mondiale notte di Natale.

– Dopo ci pensiamo, Mad.

E mentre lo diceva, già ci pensava. Gli vennero in mente, nell'ordine, Mad quando rideva e le iControl Effect Shock modello Gold, ma erano banali e forse gliele avrebbe regalate il papà, e Luciano aveva detto che era vietato scegliere cose astratte, sentimenti come felicità o allegria, e lui non sapeva se una risata era astratta o concreta, e non si potevano scegliere neppure cose da grandi come soldi, case o macchine, ma soprattutto bisognava mettersi d'accordo: questo era ancora piú difficile, considerando il carattere di sua sorella, che già lo tirava per il braccio.

– Io vorrei il Libro Magico.

– Io vorrei la televisione in camera.

– Io vorrei il telefonino che a te alla mia età te l'avevano già regalato.

– Io vorrei Grand Theft Auto.

– Io vorrei una salopette di jeans.

– Io vorrei una macchina che la tengo lí per quando compio diciotto anni.

– Non vale. È da adulto. Io vorrei tutti i libri di Astrid Lindgren.

– Io non vorrei piú leggere un libro in vita mia.

– Astratto!

– Concreto!

– Tanto non sono d'accordo e quindi non passa.

– Tanto neanche la salopette passa.

– Io allora vorrei un elefante.

– E io vorrei un gatto.

– Anch'io vorrei un gatto. O anche un cane. Secondo te si può?

– Se si può siamo d'accordo.

– Sí, ma non è d'accordo la mamma. Quindi non si può.

A ogni metro la strada si faceva piú stretta: fiori giganti, felci eclatanti e radici simili a pitoni cercavano di riprendersi lo spazio che avevano occupato prima che l'uomo arrivasse a dominare la Terra. Passarono di fianco a un *matapalo*, ma nessuno se ne accorse benché fosse un albero immenso, un impressionante groviglio di rami e radici, che ne avevano soffocati altri dall'inizio del tempo. Poi, in quel silenzio abitato, si udí un verso acuto ma modulato, struggente, una specie di lamento di dolore e desiderio che sembrava il canto di una donna e il pianto di un pesce. Efisio alzò il braccio.

– *Sssst!* Fate silenzio.

Si arrestarono. Maddalena non stava nella pelle dalla curiosità.

– Chi sono?

Il nano bisbigliò.

– Sono inie, i delfini rosa del Rio delle Amazzoni. Piangono quando sono in amore.

Il loro canto riempiva la notte. I loro richiami si rincorrevano e intrecciavano. Erano almeno tre. I sensi di P e Mad erano diventati piú acuti. In quel silenzio buio la realtà pareva piú grande, intensa e profonda, profumata e sonora. Percepirono l'odore dell'acqua del grande fiume e il suo fruscio. A Ullapoool, nella stanza del Grande Orologio, il cricchetto difettoso aveva ceduto alla pressione degli altri ingranaggi e il loro tempo si era riallineato a quello Ordinario, benché non se ne fossero accorti. Maddalena aveva voglia di parlare.

– Ci ho pensato, P: il problema dei regali è che una volta che li hai non sono piú cosí belli come quando non li avevi. Come i papaveri, sai? A casa sono meno rossi che nei prati.

– Forse è perché i giocattoli non sono vivi, quindi non cambiano mai, e dopo un po' diventano noiosi. Mica come gli animal...

Lasciò la frase a metà, perché il suo telefonino iniziò a suonare. La sorella, che camminava dietro di lui, lo vide arrestarsi per estrarlo dalla tasca. Qualcuno lo stava chiamando. Era un numero sconosciuto, non poteva essere il papà. Pietro guardò Maddalena. Non sapeva che fare.

All'altro capo del pianeta, Panicus Flynch aspettava una risposta.

Capitolo 24

Niklas Kristmas aprí gli occhi, ma era buio, non si vedeva niente, e la testa gli faceva un male cane. Si portò la mano destra alla fronte e sentí un bernoccolo intorno a cui si era rappreso del sangue. Dove si trovava? Protese il braccio sinistro, ma trovò un muro. Era inutile cercare di alzarsi. Doveva mantenersi calmo e aspettare di riacquistare le forze. Provò a ricostruire gli ultimi eventi: suo fratello Luciano, il ragionier Kolka, le valchirie, l'ufficio di Sparv… ma che cos'era successo esattamente? Quanto tempo era passato? E, soprattutto, Katerineen dov'era?

Nelle cucine di Ullapoool, dove era in corso la riunione segreta, Katerineen strappò la lettera dalle mani del dottor Kallio, appena accorso, che le fece luce con la minuscola torcia a pile che utilizzava per guardare in gola ai pazienti. Durante la lettura, nelle cucine smisero perfino di respirare. E quella quiete fu uno spettacolo nuovo per un luogo dove c'era sempre frastuono. Vanna Van de Kerkoff, l'elfa capocuoca, era paralizzata, Popi Wolinski si strizzava la barba, mentre al suo fianco Kyösti Kallio, sempre reggendo la torcia, spostava il peso da un piede all'altro. Katerineen ripiegò la lettera con calma e se la infilò nella scollatura. Poi fissò l'assemblea.

– È del ragionier Jonas Kolka, il responsabile dell'ufficio

logistico. Quei maledetti manager hanno rapito il dottor Kristmas e lo tengono prigioniero nella loro sauna.

Dalla folla si levò un mormorio di sdegno e preoccupazione. In cuor suo ognuno sperò che la sauna almeno non fosse accesa. Popi alzò una mano.

– Perché Kolka non si è presentato di persona?

La risposta di Katerineen giunse appena strozzata dall'emozione.

– Ha lasciato Ullapoool. Per sempre.

Le pupille del vecchio Niklas si erano dilatate abbastanza per percepire qualcosa del luogo in cui lo avevano rinchiuso. Era uno stanzino di due metri per due con le pareti e il pavimento che al tatto sembravano di legno. Kristmas puntò i piedi contro quella che doveva essere la base di un gradino o un sedile, e riuscí a mettersi seduto. Il mal di testa non gli dava tregua. Esplorando con le mani trovò una fessura. Forse era la porta. Con grande sforzo abbassò la maniglia. Ma non si aprí. L'avevano chiuso a chiave. Sulla parete opposta intravide una finestrella da cui filtrava un filo di luce, per quanta luce possa esserci nella notte scandinava, ma stava molto in alto ed era cosí piccola che a malapena ci sarebbe passato il suo braccio. Si toccò la fronte con le dita, che subito si inumidirono e divennero appiccicose. Aveva ricominciato a sanguinare.

Le squadre le fece Popi Wolinski: a liberare il signor Niklas Kristmas sarebbero andati tre giovani coraggiosi, Akel O'Neill, Galina Supernova e Attÿlius M'Bida, un folletto rosso irlandese, una gnoma russa delle nevi e un nano nero africano. A loro si aggiunsero Katerineen, che non ne volle sapere di rimanere a casa ad aspettare, e il dottor Kallio, nel caso in cui Babbo Natale avesse avuto bisogno urgente di cure. A mobilitare i nani da giardino avevano provveduto tutti gli altri, ognuno contattando di persona i propri cari, sotto la supervisione di Vanna Van de Kerkoff, l'elfa capocuoca.

Uscirono dalle cucine da un ingresso secondario. Per non farsi vedere dai traditori, i piú alti camminavano in ginocchio scavando un corridoio nella neve. A guidare la pattuglia era Attÿlius M'Bida, che aveva esperienza di cunicoli perché aveva lavorato come schiavo in una miniera di diamanti del Camerun. Galina teneva la torcia, Akel le mappe. La sommità delle loro teste spuntava appena nella neve. Giunsero all'edificio in cui Kristmas era stato rinchiuso. Era il quartier generale dei manager di Ullapoool, una palazzina stretta, quasi priva di finestre, con il tetto spiovente. Si fermarono sotto un finestrino minuscolo dove, stando ai calcoli di Galina, che aveva studiato architettura a Vilnius, doveva trovarsi la sauna. Purtroppo era molto in alto. Bisognava arrampicarsi. Popi intrecciò le dita, Attÿlius ci appoggiò sopra il piede destro e, dopo essersi issato a sua volta, intrecciò le proprie; Akel si arrampicò sulle spalle di Popi, mise il piede sulla scaletta di Attÿlius e salí di un altro metro; fu il turno di Galina, che con l'aiuto di Katerineen e del dottor Kallio si inerpicò su Popi e Attÿlius, salí sulle spalle di Akel e riuscí a toccare la finestrella, che per miracolo era stata solo accostata. Riuscí anche a sbirciare all'interno, ma era buio, e soprattutto si era dimenticata la torcia. Guardò in basso e diede il via a un sussurro a catena.

– Non ho la torcia.

– Non ha la torcia!

– Non ha la torcia!!

– Non ha la torcia!!!

Katerineen allargò le braccia.

– Mi sa che l'abbiamo dimenticata.

Per fortuna c'era il dottor Kallio: estrasse dal taschino la sua pila medica e la porse a Popi, che però aveva le mani occupate e non poteva afferrarla. Per un secondo rimasero interdetti, poi il medico ebbe la bella idea di accenderla e lanciarla in alto, vicino alla finestra, e per un attimo la luce si mosse sul muro della casa e un bagliore si infilò nella feritoia. Troppo velocemente perché Galina riuscisse a vedere. Katerineen si spazientí.

– Non ha importanza se lo vede o no. Deve chiamarlo!

La catena di sussurri ripartí, questa volta all'insú.

– Deve chiamarlo.

– Deve chiamarlo!

– Deve chiamarlo!!

– Devi chiamarlo!!!

Galina pensò: «Eh, già, è vero. Come mai non mi è venuto in mente da sola?»

– Dottor Kristmas... Dottor Kristmas... È lí? Mi risponda!

Dall'interno risuonò una voce rauca e sofferente.

– Sí, sono qui. Venitemi a prendere.

La giovane gnoma infilò le braccia nella finestrella e tentò di sollevarsi, ma l'apertura era troppo piccola e lei aveva il seno troppo grande per passare.

– Veniamo, dottor Kristmas. Resista. Si faccia forza. Ancora un po' di pazienza.

Galina si rivolse ad Akel, che stava sotto di lei.

– Niente da fare, da qui non si passa. Tiratemi giú.

Ma come si scende da una piramide umana, nanesca, gnomesca o elfesca che sia? Nessuno ne aveva la minima idea. Popi, però, non era tipo da lasciarsi scoraggiare e, tra le sue molte virtú, la pazienza non c'era. Quindi, pragmaticamente, pensò bene di sottrarsi all'impaccio. Fece un passo di lato e la torre si irrigidí e barcollò, quindi crollò.

Ritornarono alle cucine ammaccati, tentando di correre in ginocchio. Dovevano escogitare un'altra maniera di liberarlo e dovevano farlo in fretta: il signor Niklas aveva urgente bisogno d'aiuto. Il dottor Kallio propose di provare dalla porta principale, ma Katerineen si oppose: in quella fase uno scontro aperto con i manager era da evitare. Popi suggerí di piazzare una piccola carica di dinamite sul davanzale per allargare la finestrella. Katerineen non gli rispose neanche. Stava riflettendo. Anche se si fossero procurati una scala, la finestra era troppo stretta. Dentro il mazzo di Vanna Van de Kerkoff, la capocuoca, forse la chiave della sauna c'era, ma per saperlo bisognava provarle tutte. D'altra parte lanciare il mazzo attraverso il finestrino era rischioso perché avrebbe potuto cadere in testa a Niklas. L'unica era far entrare qualcuno, già, ma chi? I porcospini dell'albero? I lemming? Katerineen era cosí concentrata da non accorgersi che nella penombra della cucina avanzavano tre figure tenendosi per mano. Timidamente, camminando a brevi passi, si fermarono a due metri da lei. Parlò Gudmund, il padre.

– Buonasera, signorina Katerineen, perdoni il disturbo. Forse potrebbe andarci la nostra piccola Astrid. Per noi sarebbe un onore.

Kat li osservò. Erano nani della Fær Øer, madre, padre e figlia, impacchettatori per tradizione, i piú piccoli del mondo. E per la prima volta dopo ore il suo volto si rilassò in un sorriso.

Capitolo 25

Il telefono dava libero, *tu-tuu-tuuu*, nessuno rispondeva, ma Panicus Flynch non riattaccò, *tuuuu-tuuuuu-tuuuuuu*, ma Panicus Flynch rimase in attesa, *tuuuuuuu-tuuuuuuu- tuuuuuuuuu*, ma Panicus Flynch resistette e, un istante prima del decimo *tuuuuuuuuu*, la sua tenacia fu premiata: la voce era quella di un ragazzino.

– Pronto?

– Salve, caro! Innanzitutto voglio darti il benvenuto nel nostro *dream team*, la nostra squadra dei sogni!

Pietro si irrigidí. Neanche suo papà si permetteva di chiamarlo «caro». Né di dire «dream team», se è per questo. Maddalena si accostò per sentire. Pietro rispose.

– Mi scusi, chi parla?

– Ma come chi parla, carinoo? Non mi riconosci? Sono Babbo Natale!

– Babbo Natale non esiste...

– Sei un ragazzino a cui piace scherzare, eh? Bene, anche noi amiamo concederci qualche risata ogni tanto. Ma ora ascoltami, piccolino: c'è un problema urgente con le consegne, un'emergenza, per cui abbiamo la necessità di sapere, ehm, dove vi trovate in questo momento...

Pietro esitò. Ma la voce al telefono lo incalzava.

– Naturalmente, caro, c'è una ricompensa, un prestigiosissimo week-end a FunFantasyland per te e la tua sorellina, ma a una condizione: non dovrai dire a nessuno che ti ho chiamato. Sarà il nostro piccolo segreto.

Pietro pensò che non avrebbe mai avuto segreti con un tipo cosí. Decise anche che l'idea di FunFantasyland lo irritava moltissimo, ma che era meglio non darlo a vedere.

– Andare a FunFantasyland sarebbe un sogno per noi, signor Babbo! In questo momento il nostro *dream team* si trova a Beijing, Pechino, la capitale della Repubblica popolare cinese.

Mister Flynch era al settimo cielo! Aveva ottenuto l'informazione che cercava e per l'entusiasmo si mise a ballare. Grazie alla sua proverbiale astuzia, era riuscito a localizzare i nemici e a raggirare il moccioso. Alla fine avrebbe trionfato anche in questa battaglia e il Natale sarebbe diventato di sua proprietà. Altro che festa dell'uguaglianza! Chiuse la telefonata senza salutare, poi squadrò i suoi collaboratori e le valchirie dall'alto in basso, con un certo disprezzo.

– Che cosa aspettate? Andate a prenderli a Pechino! Muovetevi!!!

Anche Pietro era allegro quando mise giú. Mad aveva la faccia contrariata.

– Perché hai detto una bugia a Babbo Natale?

– Non era Babbo Natale, Mad. Come sai, Babbo Natale non esiste.

Un'altra stella sfrecciò nel cielo dell'Amazzonia, talmente vicina che quasi la sentirono sibilare. Alzarono lo sguardo. Adesso era chiaro anche a loro che il mondo aveva ripreso a correre.

Il signor Perparim Litmanen aprí gli occhi e urlò a squarciagola.

– Aaaaahhhhhhhhhhhhhhhhhhhhhhhhhhhh!

Gli era bastato sentire il ticchettio degli ingranaggi e

dare un'occhiata per rendersi conto che il tempo scorreva alla velocità ordinaria anche per quelli della slitta. Non sapeva quando fosse successo, né come, ma poteva essere un guaio, perché quando il tempo si allinea possono accumularsi ritardi irreparabili o verificarsi attacchi, imboscate e rapine. In passato era già capitato: l'anno prima, per esempio, si erano imbattuti in una banda di giovani nazisti ungheresi che il nano picchiatore, non senza una certa goduria, aveva dovuto sgominare. Perparim scattò in piedi e si precipitò a ispezionare il meccanismo. In pochi secondi individuò il colpevole: il dente del cricchetto si era spezzato, occorreva sostituirlo, ma non sarebbe stato un problema perché nel suo cassetto c'era di tutto. Un incidente banalissimo, che si sarebbe evitato con un'attenta vigilanza, quella appunto che era mancata. Trovò il pezzo di ricambio ed eseguí la riparazione con mano sicura. Quando il Grande Orologio frenò, il signor Perparim Litmanen, lesto, introdusse un giradadi dalla testa esagonale nel perno del bilanciere e lo ruotò in senso antiorario, fino a quando tutto non sembrò fermarsi di nuovo. A quel punto Perparim calibrò la velocità poco al di sopra dello zero, trafficando con dita esperte sulla catena del conoide.

Pietro e Maddalena stavano ancora con il naso all'insú a guardare le stelle cadenti che sfrecciavano a sciami sopra le loro teste, quando, di colpo, le stelle si fermarono. In quell'istante anche i milioni di rumori che percorrevano la foresta – i fruscii dei serpenti, i rami spezzati, le inie in amore – si impastarono in un unico suono lentissimo e grave. Il tempo Zero$^+$ era tornato.

Furono le due ore in cui si decise tutto, le due ore in cui si accesero le idee e si commisero gli errori che avrebbero decretato i vincitori e i vinti di quella nottata, in cui i protagonisti di questa storia corsero, volarono e lottarono in ogni continente, ma furono anche le due ore in cui il signor Perparim Litmanen, gnomo orologiaio da tre generazioni, finalmente fu all'altezza di sé stesso, dimostrandosi vigile e permettendo al tempo le accelerazioni minime indispensabili per non forzare troppo il sistema.

Quando tutto fu sotto controllo, andò alla finestra, maledicendosi ancora per essersi addormentato. Stava diventando vecchio e non reggeva piú la fatica, e neppure lo *schnapps* al mirtillo. Se avesse potuto ricevere un regalo da Babbo Natale, gli avrebbe chiesto un po' di compagnia, qualcuno cui insegnare come tenere a bada il tempo. Per distrarsi dai brutti pensieri senza rimettersi a bere, decise di dedicarsi al suo passatempo preferito, le parole crociate.

In quell'esatto istante, poco lontano dalla stanza dell'Orologio, la piccola Astrid entrò, volando attraverso la finestrella, nella sauna in cui avevano imprigionato Babbo Natale e gli atterrò sulla pancia. Il vecchio avvertí un leggero fastidio dalle parti dell'ombelico, e pensò che si trattasse di un gattino, poi udí un tintinnio e intravide il micino rizzarsi sulle zampette posteriori.

– Salve, signor Niklas!

– E tu cosa sei?

– Mi chiamo Astrid Gudmundsdóttir, dottor Kristmas. Sono una nana delle isole Fær Øer, ho sette anni e sono venuta a salvarla.

Dopo accese discussioni, Katerineen aveva deciso di adottare l'antico metodo del lancio del nano. A lanciare era stato Popi, che si dimostrò freddo, preciso e affidabile, tanto che Astrid non si fece alcun male, anche se al collo portava un mazzo di chiavi piú pesante di lei.

Ascoltandola, a Babbo Natale venne spontaneo un sorriso.

– E le chiavi ce le hai, Astrid?
La piccola gliele agitò davanti al naso.
– Brava, adesso spostati, però. Provo a mettermi in piedi. Non vorrei schiacciarti.
Tentarono con una chiave, tentarono con un'altra e un'altra ancora, e stavano quasi per perdersi d'animo quando la serratura scattò. Con cautela Astrid sbirciò nella fessura tra la porta e lo stipite. Non c'era nessuno. La via era libera. Sgattaiolarono all'esterno passando davanti agli uffici di Sparv, per fortuna deserti. Alla luce era evidente: il dottor Kristmas presentava una vasta ecchimosi (vuol dire livido) sopra il sopracciglio sinistro e camminava a fatica, ma la presenza di Astrid, che lo incoraggiava, gli diede la forza di trascinarsi fino all'uscita, dove lo attendevano Katerineen, il dottor Kyösti e Popi Wolinski, insieme a tre valenti giovani che non aveva mai notato, una gnoma cicciottella, un folletto rossiccio e un nano nero. Erano Galina, Akel e Attÿlius.

Aimo Kivimäki, Flynch lo buttò giú dall'elicottero a calci nel sedere. Aveva deciso di rispedirlo a Ullapoool a coordinare gli gnomi grassi che al momento opportuno avrebbero sferrato l'attacco decisivo. Kivimäki si mise a frignare che l'imbracatura era troppo stretta, che soffriva di vertigini e di pressione alta, ma Flynch non ebbe pietà. Dentro l'imbracatura ce lo ficcò a forza e con una pedata lo spinse giú. Pippa Propp ingoiò l'ennesima delusione: l'uomo che amava era un cretino fatto e finito, ma si sarebbe lo stesso presa cura di lui. Raccattò da terra un paracadute e si gettò nel vuoto dietro al suo amore. Ralf Rattus e Olaf Sparv guardarono altrove, contenti di essersela cavata. L'elicottero riprese quota. Avrebbe aspettato gli eventi volando in cerchio tra Ullapoool e Atene, pronto a intervenire laddove richiesto. Le valchirie, intanto, erano già in volo per la Cina. Non si erano certo fatte pregare, affamate com'erano di carne umana e libertà. Gli ippolupi ululavano e nitrivano, galoppando alla volta di Pechino.

In quelle due ore, soprattutto, Luciano Kristmas, Efisio Fois, Pietro e Maddalena consegnarono regali a piú di un miliardo di bambini, togliendone qualcuno a chi ne aveva troppi per darne qualcuno di piú a chi ne aveva troppo pochi. Due ore sono lunghe se il tuo tempo scorre quasi a zero: ogni singolo istante si moltiplica per settecentoventi volte, un secondo dura dodici minuti, un minuto dodici ore e un'ora è lunga un mese. Tutto si muove al rallentatore, la luna è inchiodata nel cielo e la Terra è un pallone appeso nell'universo, le maree sono gonfie oppure sgonfie e le onde immobili, i fiumi scivolano a valle come se fossero di fango, i venti non soffiano: respirano, e uomini e animali continuano a dormire e sognare. I gesti sono fulminei poiché piú il tempo rallenta piú lo spazio diventa leggero. Se poi qualcuno ti insegue – e Luciano, Efisio e i ragazzi, in effetti, erano inseguiti anche se non sapevano chi li stesse cercando al telefono e chi fosse il mandante delle valchirie – dovrà percorrere in due ore la strada che tu compi in due mesi, perché il tempo non si fa comprare da nessuno, neppure dai soldi di Panicus Flynch.

Cosí, mentre le valchirie volavano verso Pechino alla ricerca dei nostri eroi, la slitta terminò le consegne in America Latina e decollò verso l'Atlantico, concedendosi una capatina a Tristan da Cunha, un'isola in mezzo all'oceano i cui primi abitanti nel 1817 siglarono un contratto di uguaglianza, e dove oggi abitano duecentosessantadue persone (tra cui trenta bambini) che hanno gli stessi sette cognomi di allora: Glass, Green, Hagan, Lavarello, Repetto, Rogers e Swain; il nano si impuntò per visitare l'Isola Inaccessibile, ma l'isola si dimostrò di parola. Proseguirono per l'Africa, dove videro i grattacieli di Windhoek in Namibia, le miniere d'oro di Soweto e le baracche di Ouagadougou sdraiata su chilometri di polvere e pietre; attraversarono deserti, savane, foreste e grandi laghi; incontrarono baobab e termitai; in Madagascar giocarono con l'aye-aye, un piccolo lemuro con gli occhi da pazzo, mentre in Tanzania accarezzarono un leone addormentato. Ovunque portarono regali sapendo che non sarebbe servito a nulla, che nessun regalo avrebbe potuto azzerrare la fortuna di essere nati in un luogo e non in un altro, che fame e guerra non si sarebbero certo fatte impressionare da quattro pacchetti infiocchettati, e che il mondo non sarebbe certo migliorato, ma anche che la mattina dopo, per la prima volta nella Storia, non ci sarebbero stati poveri e ricchi, ma soltanto bambini.

Ogni tanto Luciano si infervorava.

– Vi rendete conto? Miliardi di persone non hanno da mangiare e altri miliardi fanno la dieta perché sono grassi. Non possono dare il loro cibo a chi ne ha meno?

Ma Maddalena non era facile da convincere.

– Poi però quelli delle diete perdono il lavoro.

Ridiscesero il Nilo, che di notte dall'alto ha la forma di un fiore luminoso sbocciato nel mare, e si fermarono al Cairo, dove attraversarono la Città dei morti, un cimitero abitato da un milione di vivi. E quando giunsero ad Alessandria d'Egitto, finalmente si riaffacciarono sul Mediterraneo. Dalla partenza erano passate due ore, ma per loro erano due mesi. Risalirono sulla slitta decisi a finire le consegne in Europa, quando all'improvviso il telefonino di Pietro si rimise a suonare.

Capitolo 26

Il telefonino continuava a trillare e la suoneria di *Gangnam Style* rendeva la situazione ancora piú angosciante. Gli occhi di Pietro cercarono quelli di sua sorella, del nano, di Luciano. Che cosa doveva fare? Il display dava «numero sconosciuto». Chi diavolo era quell'impostore che sosteneva di essere Babbo Natale? Anche Luciano sembrava preoccupato.

– Ci stanno cercando.

Il nano sussurrò: – Sí, ma chi?

Luciano si passò le dita sulle labbra.

– Non lo so, nano, ma di sicuro c'entra con le valchirie.

Il telefono non taceva, Pietro allargò le braccia in segno di impotenza. Luciano gli parlò con un tono che non ammetteva incertezze.

– Rispondi.

Mise il viva voce perché tutti sentissero, ma nell'aria si diffuse un rumore elettrico, grave e indistinto.

– *Iaaooo, caaarooo raaaaaazzzoooo miiiooo, ooonooo aaabooo aaataaaleee.*

Pietro si voltò verso gli altri esterrefatto. La telefonata aveva scavalcato le barriere temporali, ma lo scarto tra il tempo Ordinario in cui si trovava Flynch e il tempo Zero^{+} che avvolgeva la slitta impastava le parole del miliardario fino a renderle incomprensibili.

Le valchirie lo avevano avvisato che a Pechino i fuggitivi non c'erano. Flynch si era infuriato, aveva ordinato di cercare meglio, ma aveva spronato Ralf Rattus a impegnarsi allo spasmo. Piú ingobbito e forforoso del solito, il troll responsabile delle reti informatiche di Ullapoool, che vantava un glorioso passato da hacker, armeggiava febbrile al computer nel tentativo di localizzare la posizione del telefonino di Pietro.

Luciano guardò il ragazzo e, muovendo le dita a forbice, gli fece segno di chiudere. Il ragazzo non se lo fece ripetere. Era chiaro che li stavano cercando ed era chiaro che non c'era piú tempo da perdere. Ma chi poteva essere? Non certo Niklas, Luciano lo escluse categoricamente.

– Mio fratello non si sognerebbe mai di dire «dream team».

Il loro era un nemico potente e privo di scrupoli, contro cui bisognava giocare di forza e astuzia, anche se a nessuno venne in mente che il telefonino potesse essere una via per individuarli. Il nano corrugò la fronte bassissima, turbato. Anche Mad non sapeva che dire. Per la prima volta da quando erano insieme, provarono paura.

Fu Olga, la prima renna, a voltarsi: – Quindi, capo, dove si va?

– A Pechino ci hanno già cercato. Andiamo lí.

Le renne corsero cosí veloci che meno di venti secondi ordinari piú tardi atterrarono a Pechino dove le valchirie li avevano cercati prima di essere richiamate alla base da Panicus Flynch.

Sull'elicottero in volo tra Grecia e Scandinavia, il troll Ralf Rattus continuava a incrociare montagne di dati e milioni di numeri telefonici, sapendo che era solo questione di tempo. Prima o poi avrebbe localizzato il numero del ragazzo e a quel punto i fuggitivi non avrebbero piú avuto scampo. La slitta toccò terra in piazza Tienanmen, la Porta della Pace Celeste. Era immensa e piena di luci.

Capitolo 27

Maddalena fece una giravolta su sé stessa. Piazza Tienanmen era circondata da edifici maestosi e severi, ma bassi, tra i quali ce n'era uno con due tetti, uno sopra l'altro, che attirò la sua attenzione. Lo indicò a Luciano.

– E quello cos'è?

– È il mausoleo del Grande Timoniere.

– E che cosa sarebbe un mausoleo?

– Una specie di tomba, che però si può visitare.

– Ah! E noi la visitiamo?

– Se vuoi sí.

– Ah! E chi sarebbe questo Grande Timoniere, scusi?

Luciano si prese una pausa.

– Il suo nome era Mao. Ma si faceva chiamare «il Grande Timoniere» perché era il capo della Cina. Era un uguagliatore.

Maddalena alzò il sopracciglio sinistro, perplessa.

– Ma un uguagliatore, da quel che ho capito, non può mica avere una tomba cosí grande...

Pietro si era avvicinato.

– Forse voleva sentirsi piú uguale degli altri.

Luciano si morse un labbro prima di rispondere, ma i ragazzi erano già corsi da Efisio, che stava esaminando la mano di uno dei soldati della Guardia del popolo, schierati davanti all'entrata. Terminata l'ispezione, si tirò su, intrecciò le dita e le tese in avanti facendole scrocchiare.

– Questo qui è surgelato come i piccioni di Venezia.

Luciano li chiamava dall'entrata, proprio sotto la gigantografia del Timoniere. Per entrare non ebbero neppure bisogno di usare la chiave a ghiaccio di Efisio, perché le porte erano aperte. Il corpo del presidente della Cina giaceva nella Grande sala sotto una cupola di vetro simile a quella di Biancaneve. Era ricoperto da una bandiera rossa e indossava una giacca grigia allacciata fino al collo. Era grasso, vecchio e aveva la pelle lucida come cera e i capelli tinti d'inchiostro. Mad si appese a un dito del nano.

– È vero?

– Sí, Mad, ma è imbalsamato.

– Che schifo!

Luciano se ne stava in disparte, taciturno. Pietro gli si accostò e gli lanciò uno sguardo interrogativo. Luciano incominciò a spiegare.

– Era figlio di agricoltori, ma guidò l'Armata Rossa durante la Lunga Marcia, un anno intero a piedi su montagne innevate, deserti senz'acqua e fiumi impetuosi. Alla fine fecero la rivoluzione. Mao ordinò che non ci fossero piú poveri né ricchi, ma che tutti fossero uguali.

Il volto di Pietro si riempí di dubbi e diffidenza.

– Se voleva tanto essere uguale agli altri perché si è fatto imbalsamare?

La domanda risuonò per qualche secondo nell'aria, poi nella sala si udí una voce. Era cavernosa, piena di rabbia e non apparteneva a nessuno di loro, parlava con un accento sconosciuto.

– La morte di alcuni ha piú peso del monte Taishan, quella di altri meno di una piuma.

Mad e Pietro si cercarono con gli occhi impauriti. Luciano ed Efisio si guardarono spaesati. Chi era? Che cosa voleva da loro? Che cosa aveva detto? La voce ricominciò, questa volta minacciosa.

– Se svegli una tigre, usa un lungo bastone.

Maddalena sgranò gli occhi e puntò il dito, gridando.

– L'ho vista, guardatela! È stata la mummia! È stata la mummia!

La mummia, in effetti, si era sollevata sui gomiti e premeva la faccia contro la teca di vetro. Efisio cercò una spiegazione per rassicurare i bambini.

– È finto! È di sicuro un automa che ha in bocca un registratore.

Ma deglutí: un morto che si sveglia fa paura anche a un nano picchiatore.

Mad urlò con tutto il fiato che aveva in gola.

La mummia aveva aperto gli occhi, che erano bianchi come quelli di un pesce cotto, e con le unghie lunghe graffiava il vetro. Abitando il mondo dei morti, poteva condividere con loro il tempo Zero^{+}. Si sentí un *clac*, il rumore di qualcosa che si spezza, poi la teca iniziò a sollevarsi. Luciano si mosse per proteggere i ragazzi pietrificati. Adesso Mao si era seduto a fissarli.

– Una rana dentro un pozzo diceva: «Il cielo non è piú grande della bocca di un pozzo».

Faticosamente, si mise in piedi, scrutando Luciano dritto negli occhi. Mad e Pietro non avevano neppure la forza di gridare. Erano paralizzati dal terrore. Il nano si portò di fianco a Luciano per sostenerlo. Mao non si impressionò, e fece un passo in avanti.

– Bisogna colpirne uno per educarne cento. Il potere nasce sempre dalla canna del fucile.

Luciano diventò pallido. Non mosse un muscolo. Ma i suoi occhi erano accesi. Bruciavano. La risposta gli uscí strozzata, tesa come una frustata.

– Le armi portano solo disuguaglianza, come i soldi.

La mummia fece una smorfia di disprezzo, il suo corpo si irrigidí e iniziò a tremare, poi all'improvviso sferrò un colpo in faccia a Luciano – la mano grassa spalancata, le unghie ricurve come artigli – che subito si toccò con le dita la guancia. Era riuscito a graffiarlo, stava sanguinando, e intorno alla ferita aveva lasciato una poltiglia oleosa di cera. Luciano stava per reagire, ma l'attenzione di Mao si era già spostata sui bambini. Li scrutò con i suoi occhi bianchi, torvo, poi scattò fulmineo in avanti, ma Efisio si frappose con un salto, atterrando sul pavimento a gambe divaricate.

– Andate via! Scappate! Subito!

Luciano fece per muoversi in aiuto del nano, ma Pietro lo spinse via, mentre Mad lo trascinava per la mano. In pochi secondi furono fuori, in mezzo ai soldati di carne viva che sembravano di terracotta, senza più riuscire a parlare, terrorizzati, ma smaniosi di tornare all'interno per aiutare il loro amico. Luciano provò a lasciarli, ma i ragazzi lo pregarono di restare con loro. L'attesa durò cinque minuti, poco di meno, ma sembrò a tutti interminabile. Poi finalmente qualcosa, dentro, si mosse. Ed Efisio comparve trionfante in cima alle scale, avvolto nella bandiera rossa strappata alla mummia, come in uno scialle da casa. Visto dal basso sembrava quasi un gigante.

Durante il soggiorno in Cina ogni gesto fu fulmineo: trenta minuti e sette secondi per raggiungere trecento milioni di bambini sono un record anche se ti muovi nel tempo Zero$^+$. Chengdu, Sichuan, Chongqing, Shanxi, Shaanxi, Ningxia, Xi'an, Canton, Guangdong, Guangzhi, Wudang, Hunan, Henan, Hubei, Hangzhou, Zhejiang e Shanghai: metropoli immense che transitarono una dopo l'altra come un'unica infinita città dispersa in frantumi su una terra sterminata. La Cina era un enorme drago sprofondato in un sonno senza sogni che recuperava la forza ogni notte per esplodere di nuovo al mattino, e rimettersi a correre, spendere, accumulare, lavorare e consumare, costruire e demolire. La Cina era una febbre, una febbre di fare e di avere. Era la smania collettiva di lasciarsi alle spalle la penuria, ed era cosí impetuosa da spingere a spostare montagne, allagare pianure e deviare fiumi, radere al suolo e inventare città.

Luciano, Efisio e i ragazzi entrarono in milioni di camere di milioni di bambini e bambine, accorgendosi che tutti amavano gli stessi cantanti, guardavano gli stessi film, giocavano agli stessi videogame, si messaggiavano con gli stessi telefonini e indossavano gli stessi vestiti. Maddalena si chiese, perfino, se per sbaglio non avessero ricominciato da capo il giro delle consegne. Nel dormitorio di una fabbrica del Fujian dove producevano l'iPat, il tablet di Pat, le bambine operaie dormivano indossando camicie da notte di Pat. E i ragazzini che lavoravano nelle fabbriche delle scarpe iControl smaniavano per averne un paio. Ovunque, anche nei casermoni piú luridi e nelle baracche piú misere, tutti desideravano gli stessi prodotti e di essere marchiati dagli stessi marchi. Accadeva a New York come a Mosca, a Milano come a Brasilia o a Taiwan.

Virarono a ovest. Sotto di loro il Fiume Giallo strisciava ingrigito da oscurità e inquinamento. Luciano Kristmas non capiva.

– Secondo voi perché compriamo cosí tante cose?

Non capiva il potere degli oggetti di attrarre gli uomini come calamite. Pietro si passò la mano sul ciuffo.

– Forse perché comprare ci fa sentire uguali e scegliere ci fa sentire speciali.

Luciano esitò prima di rispondere.

– In pratica, compriamo la sensazione di essere uguali e unici, anche se lo siamo già gratis.

Maddalena indicò un punto lontano, sulla sinistra.

– Che cos'è quella forma di serpente laggiú in fondo?

Il nano si sporse.

– È la Grande Muraglia, l'unica costruzione dell'uomo visibile anche dalla Luna.

Volavano ad alta quota seguendo la costa. Isole di nuvole bianche si intromettevano tra la slitta e la Terra.

La bambina guardò suo fratello, poi Luciano. Era evidente che aveva continuato a pensare al discorso di prima.

– Signor Luciano, io credo che lei dia troppa importanza alle cose. Per me uno è contento se fa delle cose belle, mica se ha delle cose belle.

Capitolo 28

– Credevo peggio.

Il dottor Kyösti Kallio si sfilò lo stetoscopio dalle orecchie appuntite da elfo ed emise la diagnosi.

– Sei un vero mistero scientifico, Niklas. Ti è successo di tutto, e invece di peggiorare sei quasi guarito.

Per la felicità Katerineen stampò un bacio al dottore, mentre Popi Wolinski seguitava a lisciarsi la barba. Avevano condotto il malato nelle cucine dopo aver fatto uscire tutti quanti, e Babbo Natale era già carico a mille.

– Voglio sapere come stanno le cose. Avanti, relazionatemi.

Lo relazionarono: la Mucca, il mastodontico Mi-26 di Panicus Flynch, ronzava da ore nel cielo sopra Ullapoool, le valchirie scorrazzavano libere nel mondo e il ragionier Kolka era fuggito dopo aver sabotato il sistema logistico e aver oscurato i monitor su cui si sarebbe potuto seguire il tragitto dei fuggitivi; Luciano e il nano picchiatore, a quanto era dato sapere, giravano ancora a piede libero in qualche angolo imprecisato del pianeta Terra. Popi Wolinski si fece avanti.

– Ah, dottor Kristmas, ci sarebbe un'altra cosa: a parziale protezione dei nostri sono stati allertati trentamila nani da giardino dislocati in ogni continente.

Niklas Kristmas approvò, facendo sí con il testone, poi tacque pensieroso.

– Molto bene... Che ora si è fatta?

Katerineen, Popi e il dottor Kallio furono colti di sorpresa. Erano stati cosí impegnati a liberarlo che si erano dimenticati di controllare. Notando la loro incertezza, il vecchio incalzò.

– E naturalmente il signor Perparim Litmanen, lo gnomo orologiaio, è al corrente della situazione...

I tre si scambiarono una seconda occhiata d'imbarazzo.

Il troll Ralf Rattus alzò la testa arruffata dal computer e chiamò mister Flynch, che per distendersi i nervi stava facendo jogging sul tapis roulant. Bagnata di sudore, la sua faccia sembrava ancora piú gommosa. Olaf Sparv accorse per primo, ma Ralf si ingobbí sullo schermo per impedirgli di spiare, perché voleva che fosse il padrone a vedere per primo. Solo quando Flynch arrivò, si raddrizzò trionfante.

– Eccoli, capo, li ho localizzati. Sono in Spagna. La vede, la lucetta sul monitor? È il telefono del ragazzino.

– Ma quello è il Santiago Bernabéu, lo stadio del Real Madrid!

– Sí, mister Flynch. Probabilmente si sono fermati a tirare due calci al pallone...

Flynch era disgustato. Quei quattro pensavano a divertirsi quando c'era da lavorare. Tutti cosí, gli uguagliatori. Ralf Rattus continuò.

– Ma ho anche studiato i tragitti. Prima di arrivare a Madrid, dalla Cina sono volati in Australia, poi a Vladivostok, da dove si sono recati a Teheran, e da lí a Kyoto, in Giappone, poi a Istanbul e a Baghdad...

– Ma lí sono tutti musulmani! Il Natale non ce l'hanno!

– Esatto, mister Flynch. Ma ho il sospetto che Kristmas se ne freghi delle religioni. Quello che sto cercando di dirle è che quei fanatici procedono a zig-zag. È impossibile sapere quale sarà la loro prossima tappa!

– Cosí non li prenderemo mai... Allora le valchirie sono inutili...

Erano nei sotterranei di Ullapoool. Popi Wolinski faceva strada, Katerineen Høgli e Niklas Kristmas gli arrancavano dietro domandandosi come riuscisse a muoversi nella penombra con gli occhiali da sole. Erano diretti al Grande Orologio, ma per non rischiare di imbattersi in una pattuglia di gnomi grassi mandata da Kivimäki, avevano preso la scorciatoia. Giunti a una strettoia, Wolinski si fermò. Sulla sinistra c'era una grata di ferro arrugginito, un cancello chiuso da un chiavistello pesante al di là del quale si intravedeva un antro scuro da cui fuoriusciva un odore nauseabondo. Per reprimere l'impulso di vomitare, Katerineen si portò un fazzoletto alla bocca. Niklas Kristmas si rivolse a Wolinski:

– Proprio dalla tana del mostro mangiaregali dovevamo passare? Puzza in modo osceno.

– È la strada piú sicura, dottor Kristmas.

Popi parlò turandosi il naso tra pollice e indice. Dall'antro giunse una specie di grugnito rabbioso. Il mostro si era accorto della loro presenza. Niklas schioccò la lingua.

– Gulon è affamato. Si vede che quest'anno i bambini sono stati bravi e il povero mostro ha ricevuto pochi regali.

Katerineen allontanò per un attimo il fazzoletto dalla bocca.

– Andiamo via, Nik, ti prego.

Si rimisero in moto, sentendo riecheggiare alle spalle un altro orripilante, puzzolente grugnito. Erano ai piedi di una scala di pietra molto stretta in cima alla quale, assicurò Popi, sarebbero arrivati a destinazione nella stanza del signor Perparim Litmanen.

La slitta parcheggiò al Colosseo ed Efisio liberò le renne, che si allontanarono a brucare cicoria selvatica ai Fori Imperiali. Nonostante in Spagna si fossero divertiti un sacco, e Maddalena avesse fatto un gol in tuffo di testa nello stadio del Real, l'umore dei ragazzi sembrava cambiato. Non parlavano quasi piú. Il nano picchiatore e Luciano non gli chiesero niente per non metterli in imbarazzo, ma alla prima occasione fecero in modo di allontanarsi abbastanza da non essere sentiti. Accadde in Vaticano, durante la distribuzione ai figli delle guardie svizzere.

– Che cos'hanno i bambini, secondo te?

– Nostalgia dei genitori, temo, nano.

– Oppure nessuna voglia dei genitori, uomo.

Nella stanza accanto, Pietro e Maddalena stavano sistemando i regali sotto l'albero di Ursula, l'unica figlia dell'alabardiere Kaspar von Silenen, tra i piú fidati servitori di Sua Santità. Mad era in ginocchio e parlò sottovoce, senza voltarsi.

– Pietro, tu hai voglia di tornare a casa?

– Non tanta, Mad. E tu?

– La mamma mi manca. Scusa P, ma il papà viene?

– Non lo so, Mad.

Il signor Perparim Litmanen era ancora concentrato sulle parole crociate. Si era incagliato su una definizione, l'undici orizzontale, nove lettere, e non riusciva ad andare avanti. Spostò il cruciverba piú vicino alla candela e rilesse: «Mezzo minuto... illuminante». Aveva pensato che la soluzione potesse essere «idea», ma era troppo corta, poi «rivelazione», ma era troppo lunga, e soprattutto la parola giusta incominciava per *a*. Si stava spremendo le meningi e giocava nervosamente con un accendino rosso fuoco, quando sentí tre colpi energici alla porta. La stanza tremò e anche Perparim Litmanen trasalí. Nessuno lo veniva mai a trovare, figurarsi a Natale, e adesso bussavano alla sua porta nel cuore della notte piú importante dell'anno. Non poteva certo farsi trovare cosí. Gettò il cruciverba sul tavolo e scattò in piedi affrettandosi a rifare il letto, dopodiché lanciò un'occhiata fulminea alle lancette e si compiacque: era tutto a posto, la velocità di scorrimento prossima allo zero. Ma questa era la buona notizia. La cattiva era che aveva lasciato in vista lo *schnapps* al mirtillo. Con due balzi raggiunse il tavolo e nascose la fiaschetta in fondo al cassetto. Non voleva che qualcuno ficcasse il naso nei suoi passatempi alcolici. Ma da fuori continuavano a bussare. Lo gnomo orologiaio inspirò a fondo, si lisciò la vestaglia con i palmi delle mani e andò ad aprire.

– Vengo! Vengo!

Girò la chiave, abbassò la maniglia e in camera irruppero Popi Wolinski, la signorina Katerineen e il signor Niklas in persona.

Capitolo 29

– Goooody! Possibile che tu sia sempre cosí disgustosa?

Panicus Flynch era furibondo, ma Göndul, la valchiria scheletrica, non si impressionò: stava sgranocchiando uno scoiattolo vivo catturato nel bosco intorno a Ullapoool e non aveva alcuna intenzione di interrompere il suo spuntino. Fissò Flynch e gli fece la linguaccia, che era nera e grondante di sangue. Era talmente magra che anche la sua lingua sembrava ossuta. Tutti i collaboratori di Flynch erano stati radunati sull'elicottero, in vista dell'attacco. Soltanto Kivimäki e Pippa Propp erano stati relegati in paese a comandare gli gnomi grassi. Il troll informatico Ralf Rattus, il solo ormai di cui Panicus Flynch si fidasse, illustrò il suo piano.

– L'unica è precederli, mister Flynch. Ma bisogna attendere che si muovano e provare a indovinare dove sono diretti. La verità è che non gli rimangono molti posti, è quasi l'alba e praticamente hanno consegnato tutto.

Flynch sentí una fitta al cuore: il Natale era stato rovinato, prima ancora che lui ci mettesse sopra le mani. La voce di quanto era accaduto si sarebbe sparsa in fretta e per decenni i bambini poveri si sarebbero sentiti in diritto di ricevere gli stessi regali dei ricchi. Dalla rabbia strinse il pugno fino a scrocchiarsi le nocche. A questo punto, per lui, era una questione personale: doveva vendicarsi di

Luciano Kristmas ed Efisio Fois per avere rovinato i suoi affari e aver messo in dubbio le differenze su cui si regge il mondo. Lo sguardo azzurro di Panicus Flynch divenne implacabile, la sua voce si fece d'acciaio.

– Adesso dove si trovano, signor Rattus?

Il troll informatico si grattò la testa, analizzando il computer.

– Sono a Mosca, mister Flynch, prima erano a Montecarlo.

Sul planisfero la lucina azzurra che indicava la posizione del telefonino di Pietro si spostò. Rattus si entusiasmò.

– Aspetti... Guardi! Si muovono!

La spia luminosa schizzò verso ovest, sorvolò Minsk, Vilnius e Varsavia, e si avvicinò al confine tedesco.

– In Germania ci sono già stati, – sentenziò Olaf Sparv.

– Gli mancano solo Londra e Parigi, – chiarí Rattus.

Ma intuire la destinazione era impossibile, perché la slitta seguiva una rotta mediana tra Inghilterra e Francia, volando sopra Belgio e Olanda. Poi, di colpo, dalle parti di Anversa, deviò a nord, verso la Manica. Panicus Flynch, piú glaciale che mai, sollevò il braccio destro – pareva il monumento di un antico condottiero – e pronunciò la sua sentenza.

– Londra!

Poi mosse imperiosamente la testa in direzione delle valchirie. Era lí che dovevano andare.

Le renne galoppavano verso la Manica, ancora eccitate dall'odore del Nord, ma sulla slitta cominciavano a sentirsi tutti un po' stanchi e ad aver voglia della luce del giorno, i bambini soprattutto. Commisurato al tempo Zero^{+}, il loro viaggio era stato un'unica interminabile notte. Inoltre, le ultime due tappe si erano rivelate tristi. A Mosca Luciano si era rifiutato di visitare il mausoleo di Lenin, padre della Rivoluzione russa, e i bambini erano stati d'accordo: neanche loro avevano voglia di incontrare un'altra mummia parlante piú uguale degli altri. In Russia avevano visto bambini cosí infinitamente ricchi e altri cosí infinitamente poveri da aver smarrito entrambi la capacità di desiderare. Poi erano stati a Montecarlo, un posto dove i poveri non c'erano perché i ricchi non avevano voglia di vederli. Volavano verso Londra, ma Efisio contro ogni aspettativa cambiò idea.

– Prima andiamo a Parigi. Che ne dici, uomo?

– Perché, nano?

– Non lo so, uomo. Ho una sensazione.

L'uomo acconsentí, perché non bisogna mai sottovalutare le sensazioni dei nani. Tirò le redini e le renne, sbuffando, ubbidirono.

– Come vuoi, nano. Parigi sia.

Il signor Perparim Litmanen fece accomodare i suoi ospiti. Niklas Kristmas si lasciò subito cadere sulla sedia a dondolo perché la scalinata lo aveva spossato, Katerineen rimase in piedi, mentre Popi Wolinski si mise a curiosare, allungando le dita callose sui delicatissimi attrezzi dello gnomo orologiaio. Katerineen fece del suo meglio per non allarmarlo.

– Ci scusi l'irruzione e l'ora tarda, signor Litmanen, ma per noi è importante assicurarci che nessuno sia venuto a disturbarla stanotte e che il tempo abbia viaggiato alla velocità stabilita.

Lo gnomo orologiaio non staccava gli occhi da Wolinski.

– No, signorina Katerineen, non ho ricevuto visite. La notte si è svolta in modo regolare.

Niklas Kristmas fece per rialzarsi, ma quando Wolinski avvicinò il naso a uno strano ingranaggio a forma di cono su cui era avvolta una catenella dorata, lo gnomo orologiaio scattò come una molla.

– Non lo tocchi, Wolinski!

La mano del leader dei nani operai si pietrificò a mezz'aria. Gli occhi di Niklas e Katerineen rimbalzavano dall'uno all'altro. Perparim Litmanen spiegò di getto: – Quello è il cuore del tempo, dottor Kristmas. Tutto quello che vedete qui intorno – rotelle, ingranaggi, pulegge – non sono niente rispetto al conoide e all'arpione. Quella catenella determina la rattrapatura, cioè lo sdoppiamento temporale e la differenziazione delle velocità. Una volta che la si è agganciata, il ritmo dipende da quanto la si stringe stretta intorno al conide.

Gli altri tre lo ascoltavano a bocca aperta. Lo gnomo orologiaio stava svelando uno dei suoi preziosi segreti ed era un evento clamoroso. Era stato cosí solo per tutta la vita, che non c'era voluto nulla per farlo parlare.

– Se si dovesse sganciare sarebbero guai, perché per riagganciarla ci vogliono mani molto esperte.

Niklas Kristmas apprendeva serissimo.

– E quali sarebbero le conseguenze, signor Litmanen?

Lo gnomo inarcò le sopracciglia, impotente.

– La slitta stazionerebbe nel tempo Ordinario troppo a lungo e sarebbe esposta ad attacchi e aggressioni. Nessun orologiaio riuscirebbe mai a ripristinare il tempo Zero$^+$ tanto in fretta da permettere al signor Luciano di terminare le consegne.

Popi Wolinski si strizzò la barba imbarazzato, forse perfino pentito per la propria curiosità, e fece un prudente passo indietro. Se ne avesse fatto un altro e avesse spalancato la porta, avrebbe scoperto che sul pianerottolo Pippa Propp li spiava dal buco della serratura, origliando ogni parola, e inviava raffiche di sms in diretta al suo capo Kivimäki che, a sua volta, cercava di mettersi in contatto con l'elicottero di Flynch, dove però in quel momento c'erano altre gatte da pelare, poiché grazie al monitor di Ralf Rattus avevano appena scoperto che i fuggitivi, invece che a Londra, si erano diretti a Parigi. Panicus Flynch era diventato una furia. Questa volta il suo bersaglio era il troll informatico.

– E non potevi dirlo prima, scimunito?

Olaf Sparv, appartato, gongolò soddisfatto, mentre Rattus si grattò un altro po' di forfora e balbettò.

– Non è mica colpa mia se hanno cambiato idea.

Flynch gli mollò un ceffone sul collo.

Come pista di atterraggio scelsero il Trocadéro, perché era vicino alla Tour Eiffel e Maddalena ci teneva tanto a vederla. Per farle un regalo, prima di posarsi a terra, le renne volteggiarono a lungo intorno al monumento. Parigi, insomma, fu una gita di piacere. Ma lavorarono a gran ritmo: nel bagagliaio di Jukka e Pukka non c'erano piú tanti regali, quindi bisognava sceglierli bene, e il loro compito diventava ancora piú appassionante. Si concentrarono a tal punto che in due minuti anche la città dei Lumi poté considerarsi finita.

Sulla via del ritorno l'atmosfera era piú rilassata. Luciano annunciò che aveva voglia di mangiare e bere, disse che la vita non può essere soltanto lavoro. Il nano Efisio decise di accontentarlo, penetrando grazie al suo *glacé-partout* nel leggendario *Café de Flore*, dove Luciano, che amava cucinare, si esibí ai fornelli in una serie di magnifiche *crêpes au chocolat*, seguendo la ricetta del *Mondo di Pat*. Accompagnarono lo spuntino con un'intera bottiglia di Dom Pérignon Rosé Vintage 2002, lo champagne numero uno al mondo, versandone un bicchiere anche ai ragazzi. Quando furono tutti brilli, Efisio pretese di portarli al Louvre. Voleva mostrare a P e Mad qualcosa di cui non voleva parlare per non rovinare la sorpresa.

Scavalcarono la Senna sul Pont des Arts e raggiunsero la piramide di vetro da cui si accedeva al museo, in cui entrarono come sempre grazie alla chiave a ghiaccio di Efisio. Il museo era deserto, tutto per loro. Corsero i cento metri nei corridoi, giocarono a nascondino, ignorando chilometri quadrati di opere d'arte. Ma Efisio Fois aveva una meta precisa. Salirono al secondo piano, raggiunsero il padiglione Richelieu, l'École du Nord, e attraversarono di corsa decine di dipinti, fino a quando non arrivarono alla sala undici. Pietro lesse un cartello che diceva «Pays-Bas, XVI siècle. Anvers et des romanistes» e si sentí morire di noia, ma il nano, entusiasta, si girava di continuo a incitarli.

– Venite. Siamo quasi arrivati.

Il pavimento era giallo, il soffitto bianco, le pareti verdi. Efisio frenò. Si impettí davanti a un dipinto con lo sfondo scuro.

– Eccolo. È lui.

Il quadro ritraeva un nano riccamente vestito, con una specie di bastone, una spada, un cappello e un mantello ricamato di fili d'argento. Aveva i capelli rossi e non sembrava contento. Alla sua destra c'era un grande cane con lo sguardo risentito. Luciano posò una manona sulla spalle di Efisio.

– È un bel quadro, nano.

– Sí, uomo. Si intitola: *Il nano del cardinal de Granvelle tiene un grosso cane.* Fu dipinto intorno al 1550 da un tale Anthonis Mor Van Dashorst, che si faceva chiamare Antonio Moro.

Maddalena non voleva ferire i sentimenti di Efisio, ma era perplessa.

– È anche un bel nano, signor Efisio, sicuramente. Però perché ci ha portati a vederlo?

– Perché è un mio antenato, il capostipite dei nani picchiatori. Vi presento il mio trisnonno Gavino.

Le mascelle di Pietro e Luciano si abbassarono per la meraviglia. Efisio proseguí.

– Per proteggere il cardinale di Granvelle, Gavino Fois picchiò turcomanni, alemanni, saraceni, ma alla fine il cardinale si annoiò di lui e lo rispedí in Sardegna, dove pochi anni piú tardi il mio trisnonno morí. Prima di chiudere gli occhi disse che il suo rimpianto era avere picchiato cosí tante persone per difendere un cardinale di cui tutti si erano già dimenticati.

Terminato il racconto, il nano soffiò come a buttare via un dolore, dopodiché intonò una cantilena in francese.

– *Le cardinal de Granvelle tient un petit nain tenant un gros chien*... Il cardinale di Granvelle tiene un piccolo nano che tiene un grosso cane...

Mad gli afferrò un dito e lo strinse nel palmo.

– Signor Efisio, però i fratelli Kristmas sono molto meglio di quel cardinale...

Il signor Efisio annuí, e anche Pietro gli si avvicinò.

– In compenso le valchirie sono molto peggio dei turcomanni...

Sulla parete l'antenato Gavino impercettibilmente approvò[9].

Lasciarono Parigi cantando vecchie canzoni francesi. Milioni di fiocchi di pioggia mista a neve stavano sospesi a mezz'aria grazie al tempo Zero+. In alto, le nuvole formavano un soffitto grigio. In basso, la Senna era assediata da

[9] Il dipinto esiste davvero. Può essere ammirato al secondo piano del museo del Louvre, padiglione Richelieu, sala 11. Oppure lo potete trovare in questo libro, nascosto da qualche parte. Cercatelo.

miliardi di luci. Luciano era su di giri. Dal *Café de Flore* si era portato via un barilotto di Amontillado, un vino liquoroso, e ogni tanto lo beveva a canna.

– Tenetevi forte, ragazzi. Ora si balla!

Anche Efisio Fois sembrava ubriaco. I nani picchiatori sono astemi, non reggono l'alcol. Se bevono, perdono ogni inibizione. Olga, la prima renna, pur disapprovando, scattò facendo impennare la slitta, che penetrò nella nebbia: ogni cosa vibrò. In un attimo non si vide piú nulla, erano circondati da nuvole fitte che sembravano non avere fine, e invece poco a poco si sfilacciarono, mentre il nano urlava insulti contro Granvelle, finché non riemersero in una notte limpida, scura e lucente. Adesso era il tappeto sotto di loro a essere grigio e il cielo assediato da miliardi di stelle.

Capitolo 30

– Fammi parlare con mister Flynch, Olaf, ti prego!

– Puoi dire a me, Aimo. Mister Flynch non concederà altro tempo alla tua inefficienza.

Tra Aimo Kivimäki al telefono da Ullapoool e Olaf Sparv al telefono sull'elicottero, il ping-pong proseguí per altri minuti, finché Flynch non si accorse che quella telefonata stava durando troppo.

– Con chi diavolo stai parlando, Sparv?

– Ehm... Mister Flynch... si tratta di Aimo Kivimäki... se lo ricorda? Il capo... degli gnomi grassi... Dice che deve parlarle con urgenza, ma, ehm, ho ritenuto...

– Tu non devi ritenere, idiota! Tu devi riferire!

Gli strappò il telefono di mano.

– E tu, idiota numero due, parla! Avanti, sputa!

A sentire la voce di Flynch, Kivimäki andò cosí in confusione che sputò davvero, ma per terra. La Propp lo guardò scoraggiata. Aimo tentò di rispondere, ma balbettò, si confuse, ricominciò, e piú il miliardario lo incalzava, piú lui si inceppava e contraddiceva, anche se alla fine, faticosamente, un pezzo alla volta, riuscí a spiegare la situazione al padrone della FunFanFun™.

– Mi stai dicendo che Niklas è andato dallo gnomo orologiaio?

– Sissignore, è cosí, mister Flynch.

– Mi stai dicendo che non avevi pensato di far controllare il Grande Orologio?

– Ma era stato lei a ordinare di lasciare stare il tempo, mister Flynch!

– Ascoltami bene, razza di inetto: se io dico che qualcosa non va toccato, non significa che non va controllato e che possono toccarlo gli altri! È troppo difficile per te?

– Nossignore, mister Flynch. Voglio dire sissignore, mister Flynch… Mister Flynch, però la mia rete di informatori… cioè una mia collaboratrice, la signorina Propp, ha spiato e ascoltato tutto…

– Avanti, Kikikaki! Parla!

– Ha scoperto il segreto del tempo, mister Flynch! Sa quali ingranaggi toccare per impedire all'uguagliatore e al suo nano di consegnare i regali.

La slitta toccò terra sul retro di Buckingham Palace a Londra. Mad fu la prima a smontare, poi scese Pietro e dietro di lui Luciano, ma quando fu la volta di Efisio, lui emise un grido e risalí subito in slitta come se qualcosa lo avesse impaurito.

– Che cosa sono quegli animali, uomo?

Luciano gettò un'occhiata in basso.

– Sono i *corgis* della regina, nano. Ma ci sono anche dei *dorgies*.

– E che animali sarebbero codesti benedetti *corgis* e *dorgies* della regina, uomo?

– I corgies e i dorgies sono due razze di cani, nano!

Efisio gridò di nuovo. Pietro notò che stava tremando.

– Speravo tanto che fossero topi, perché io ho il terrore dei cani… soprattutto dei cani degli aristocratici, forse è sempre per via del trisnonno Gavino…

Luciano si era chinato a esaminare le bestiole che il

tempo Zero$^+$ aveva pietrificato in bizzarre pose abbaianti o saltanti. Appese al collare esibivano targhette d'ottone con incisi i loro nomi. Contò cinque *corgis* (Monty, Emma, Linnet, Willow e Holly), quattro *dorgies* (Cider, Berry, Vulcan, Candy) e cinque cocker spaniel (Bisto, Oxo, Flash, Spick e Span, il favorito della sovrana). Senza raddrizzarsi, piegò il collo verso il nano.

– Ma sono piccolissimi, nano. Salta giú, dài, coraggio.

Con cautela Efisio mise un piede a terra, aiutato da Maddalena che gli porse una mano. Poi, ancora piú cautamente, si avvicinò, prendendo sicurezza via via. I cagnetti erano piú immobili del grosso cane del trisnonno Gavino. Mad lo assisteva in ogni progresso.

– Lo vede, signor Efisio, che non fanno niente?

– Sí, sembrano innocui, ma mi stanno antipatici lo stesso.

Il nano finalmente sorrise, e fissò Mad con una luce diabolica in fondo agli occhi.

– Facciamo uno scherzo alla regina? Posso scambiargli i collari?

Luciano abbassò il mento in segno di assenso, ed Efisio Fois vendicò suo nonno Gavino. Alla fine era soddisfatto.

– E ora che si fa, uomo? Aspettiamo l'alba a palazzo o portiamo qualcosa anche ai bambini inglesi che non appartengono alla famiglia reale?

Consegnarono i regali in quasi tutta la città. Poi, per attraversare Hyde Park piú in fretta, presero a noleggio tre biciclette, tre perché Efisio non arrivava ai pedali, e Maddalena lo trasportò sul seggiolino dei bambini. Pietro e Luciano stavano davanti, Mad e il nano cento metri piú indietro. Luciano affiancò il ragazzo.

– Ti ho mai raccontato com'è nata l'idea del Natale?

– No, non mi pare.

– È stato in un mercato qui vicino. Era una mattina di maggio con il sole cosí giallo che pareva un girasole. Io e Niklas eravamo quasi senza soldi perché Flynch non ci aveva ancora pagato, ma spendemmo tutto il poco che avevamo in ciliegie. C'era cosí tanta gente che non si riusciva a camminare, e l'uomo davanti a noi spingeva un carretto pieno di stracci, portando in spalla suo figlio di circa tre anni. Il bambino non ci staccava gli occhi di dosso, cosí Niklas gli mise in bocca una ciliegia di nascosto dal padre. Dovevi vederlo com'era contento, con la bocca tutta rossa! Masticò in un battibaleno, e Nik gliene diede un'altra e un'altra ancora, e andammo avanti a rimpinzarlo fino a finire il sacchetto, senza che suo papà si accorgesse di nulla.

Maddalena si era alzata in piedi sulla sella e pedalava, voltandosi di continuo verso Efisio. Oltrepassato il cartello dei giardini di Kensington, si ritrovarono davanti la statua di un bambino con il cappello a punta. Maddalena lo indicò a Efisio.

– Signor nano, a lei le sta simpatico Peter Pan?

– Non saprei, MadMad. A te sta simpatico?

– No.

– E perché?

– Fa troppo lo spavaldino e poi, scusi, le pare che un libro può iniziare con la frase: «Tutti i bambini crescono, tranne uno»?

– Che cosa c'è di male?

– È offensivo: neanche lei è cresciuto.

– Hai ragione: tutti i bambini crescono, tranne due!

Il tono di Maddalena si fece serio.

– Tutti i bambini crescono, tranne i nani. Efisio, lei da piccolo voleva diventare grande?

– Anche da grande, a volte, vorrei diventare grande… Ma la mia bassezza comporta dei vantaggi.

– Tipo?

– Tipo che pedali tu.

Mad sorrise e sollevò lo sguardo. Nonostante l'antipatia per Peter Pan, scrutava il cielo alla ricerca di qualcosa. Individuò una lucina, la seconda a destra, e il cuore le accelerò nel petto per l'emozione.

Prima veniva Skuld, «colei che tiene la lancia», e poi Skögul, «l'agitatrice», Gunnr, «guerra», e Hildr, «battaglia», Göndul, «la scheletrica», e infine Geirskögul, «colei che brandisce il telefonino», e che non la smetteva piú di imprecare.

– Zik-zak! Zik-zak! Zik-zak! È tütta la nøtte ke foliamo a zikke-zakke come impecilli zenza mangghiare neanke un pinølo.

Sfrecciavano a pelo d'acqua sopra la Manica, in direzione di Londra, perché Flynch le aveva richiamate mentre perlustravano Parigi. Skögul tirò le redini, il suo destriero scalpitò nell'aria e si imbizzarrí, disegnando una mezza giravolta su sé stesso.

– Amikke mmie! Zorrelle mmie! Non ci pozzono pïü zkappare. I nemmicci zono ztati lokalizzati e il tempo zta per ezzere blokkato. Preparatefi al pel pranzzetto a base di pampini erroi.

Popi, Kate e Niklas ascoltavano incantati il signor Perparim Litmanen che, non resistendo piú alla propria solitudine, stava svelando ogni segreto. D'un tratto, uno scricchiolio. Katerineen Høgli si voltò di scatto, Niklas la fissò senza capire e Popi Wolinski balzò contro la porta per tentare di bloccarla con il corpo, ma un attimo prima che la raggiungesse, il chiavistello scattò e la stanza fu invasa da una banda di gnomi grassi con le armi spianate. Si scostarono per fare entrare Aimo Kivimäki, grasso e sudatissimo. L'attacco era stato sferrato.

– Mani in alto! Siete in arresto.

Niklas lo fissò nauseato, ma alzò le braccia, e Kat, Wolinski e Perparim Litmanen lo imitarono. Kivimäki, pulendosi il naso con le dita, si rivolse alla Propp, spuntata da dietro le sue spalle.

– Allora, Pippa? Vuoi essere cosí gentile da mostrare ai signori quello che hai appena scoperto?

Pippa ghignò in modo satanico, e si mosse verso l'Orologio. Perparim cercò di frapporsi, ma uno gnomo grasso lo bloccò assestandogli una manganellata sulla mano destra. Sempre sfidando con lo sguardo Niklas, Katerineen e Wolinski, la Propp fece un altro passo verso il conoide. Perparim chiuse gli occhi – la mano gli faceva malissimo e si stava gonfiando, forse era rotta – per non vedere la Propp che con pollice e indice, le unghie laccate di rosso, pizzicava la catenina e la sfilava dalle scanalature. L'oliato, lentissimo meccanismo del Grande Orologio ebbe un sussulto, ogni pezzo cigolò, stridette, tremò, dopodiché tutto il sistema ricominciò a girare al ritmo di sempre. Il tempo Ordinario era stato ripristinato.

Capitolo 31

Appena uscirono da Hyde Park, il primo bus della giornata gli sfilò davanti. Era rosso e a due piani, e i bambini non avevano mai visto un bus rosso a due piani. Ma la cosa piú strana era che viaggiava a velocità normale.

– È successo qualcosa al tempo, nano.

Efisio annuí inquieto. Questa volta era diverso. Avvertí la precisa sensazione che l'incantesimo che li aveva protetti fosse stato spezzato. P e Mad, invece, osservavano incantati l'interno illuminato dell'autobus. Trasportava un solo passeggero, una vecchietta con un foulard giallo in testa, che quando il finestrino fu all'altezza dei loro occhi si voltò lentamente a guardarli.

– Ho voglia di tornare a casa, P.

– Non manca molto, Mad. Non avere paura.

Pietro tentò uno sbadiglio. Un metro piú in là, Luciano ed Efisio si consultavano.

– Dobbiamo fare piú in fretta, nano.

Richiamarono i ragazzi e l'ultima distribuzione ebbe inizio. Lavorarono senza risparmiarsi, badando piú alla quantità che al contenuto. Passavano negli appartamenti di corsa, lanciando i regali dove capitava, ma senza fare rumore, esposti al rischio costante di essere scoperti. Attraversando il Tamigi, a metà di un ponte stretto e sottile dalle parti della Ruota del Millennium, si affacciarono a osservare l'acqua scura che scivolava impetuosa in direzione del mare.

Niklas Kristmas, Katerineen Høgli, Popi Wolinski e Perparim Litmanen furono condotti in manette nella camera di Babbo Natale, dove da un momento all'altro sarebbe arrivato Panicus Flynch. Kristmas fu costretto a indossare una camicia di forza e legato al letto. Katerineen, Wolinski e Litmanen, li incatenarono alle sedie. La mano dello gnomo orologiaio si era gonfiata e pulsava. Dieci gnomi grassi con la faccia ottusa e la pancia piena spianavano i mitra contro di loro. Pippa Propp gironzolava tronfia d'orgoglio, Aimo Kivimäki gongolava di felicità. Soltanto il dottor Kyösti Kallio se l'era cavata e da dietro una colonna aveva assistito a ogni cosa.

Nella stanza del Grande Orologio, che ancora una volta nessuno aveva ordinato di sorvegliare, gli ingranaggi giravano al ritmo ordinario, liberi da ogni controllo. La catena giaceva sganciata sul tavolo, vicino all'accendino e alla candela che continuava a illuminare la stanza. Il cuscino della sedia a dondolo recava ancora l'impronta rotonda del sederone di Niklas Kristmas. Le parole crociate erano abbandonate sul tavolo. Sembrava una situazione immutabile. A un tratto, il letto ebbe un tremito, fu come un brivido, un breve terremoto localizzato, e un istante piú tardi il lembo di coperta che sfiorava il pavimento si sollevò.

P e Mad erano rimasti da soli perché, per fare prima, nonostante il pericolo, i quattro avevano deciso di dividersi in coppie. Luciano ed Efisio si occupavano di grattacieli e grandi condomini, mentre i due ragazzi, che avevano insistito per rimanere insieme, battevano un quartiere di casette basse a sud del Tamigi. Era una strada di villini identici – bianchi, a due piani, con il giardinetto sul retro – e di conseguenza anche le loro azioni si ripetevano identiche: entravano dal giardino scavalcando il muretto, si arrampicavano sulla grondaia, si calavano nel camino non avendo il *glacé-partout*, lasciavano i regali e uscivano dalla porta sul retro nel giardino, scavalcavano il muretto, si arrampicavano sulla grondaia, scivolavano per il camino e cosí via. Un lavoro terribilmente noioso, meccanico, non solo perché nel tempo Ordinario ogni gesto è piú faticoso, ma anche perché lí c'era poco da riequilibrare: in quella via i bambini erano ricchi uguali e ricevevano piú o meno la stessa quantità di regali. Soltanto il bambino dell'ultima casa sembrava diverso: il suo sacco era molto leggero.

Le valchirie atterrarono in cima al Big Ben ma, appena i loro piedi nudi ebbero toccato il suolo, si trasformarono in corvi, e ogni corvo di Londra, impaurito, volò il piú lontano possibile. Gunnr, che tra le sorelle era quella con l'olfatto piú sensibile, annusò l'aria in cerca di una traccia.

– Zento oddore ti fiumme… zento oddore ti automoppili… zento oddore ti fabbrike e camminetti accezzi… zento oddore… zento oddore ti porridge, ti torrte alla fracola e ti fettte ti bakon; zento oddore ti zenzzerro e ti tè al ghelzominno… zento oddore di alperi fogliozi e ti pratti all'inklese… Zento oddore di tante perzonne dormentate… Zento ancke oddore di pampini dormentati… kvanti pampini dormentati… kvantizzimi! Zento oddore ti fuoko, ti piogghia e ti nepbia… Zento oddore di katttini, kagnini e skoiattoli… E zento oddore ti kafalli, kafalli della regghina e, miskiato all'oddore tei kafalli della regghina, zento oddore di altre beztiøle… Azpetta… Kvesto è oddore di renne!

Quel comignolo, invece, era chiuso. Dovettero entrare dalla finestra del bagno. Pietro atterrò nella vasca, Maddalena rischiò di finire con un piede nel water: per fortuna il coperchio era abbassato. Aprirono la porta con circospezione e percorsero il corridoio. La moquette attutiva il rumore dei loro passi. Pietro faceva luce con la torcia del telefonino, Mad trasportava i regali. Tanto era un sacchetto leggero. Discesero le scale in punta di piedi fino al salotto. L'albero non c'era, e nemmeno il caminetto. Pietro illuminò la stanza. Videro un piccolo tappeto azzurro sul pavimento e un box da neonato.

Maddalena depose i regali sul tavolo. Dal peso e dalla consistenza pensò che fossero vestiti, calze, golfini. C'era anche un coniglio di peluche avvolto in carta crespata, che assomigliava a *Gnenghe-gnenghe-gnenghe-nà*, la marionetta che da piccola le aveva regalato il papà. La porta d'uscita era lí, potevano andarsene, invece Pietro tornò di sopra. Mad lo seguí sulle scale fino alla camera da letto, dove suo fratello si fermò, spense la torcia e spinse quel tanto che bastava per entrare. Dalla strada filtrava la luce fiacca di un lampione. Distinsero un letto matrimoniale e due persone addormentate. Fecero un altro passo. Gli occhi si abituavano al buio. La donna era bionda, giovane e un po' grossa. L'uomo lo conoscevano bene. Era il papà. Teneva la bocca aperta e russava appena. La mano di Mad trovò quella di Pietro e vi si attaccò con dolcezza. Ai piedi del letto c'era una culla. Si chinarono. Dentro dormiva un bambino di pochi giorni, con i capelli neri e piccole dita che spuntavano da sotto le coperte. Mad si sollevò in punta di piedi per sussurrare all'orecchio di Pietro.

– Mi sta molto antipatico, Pietro.

– Invece non è male, ti assomiglia.

– Non è vero!

– Sí che è vero... Ma tu sei molto piú brutta.

Scendendo le scale si sentivano storditi, ma anche sollevati. Avevano scoperto di avere un fratellino neonato che era carino, in fondo, e che prima o poi avrebbero conosciuto. Avrebbero conosciuto anche Brenda, di sicuro. Si fermarono al tavolo apparecchiato per la colazione, quello su cui Mad aveva lasciato i regali. Pietro, guardando dormire suo padre, aveva capito che i grandi non erano poi cosí grandi, tentavano solo di vivere, come lui di sbadigliare. Questa volta, però, nel centro del petto non gli si era scavato un vuoto e il suo sbadiglio, miracolosamente, si chiuse. L'onda gli viaggiò sul palato, solleticandogli le tonsille e accarezzandogli la gola. Fu un sollievo. In fondo, era bello sbadigliare.

Mad lo tirò per mostrargli una valigia vicino alla porta. Era un trolley nero delle misure di un bagaglio a mano. Sopra era posato un biglietto aereo. Lo esaminarono. Il giorno dopo il papà sarebbe volato da loro. Videro un'altra busta. Maddalena si spostò alla luce della finestra per leggerla.

– Guarda, P, sono le ricevute dei nostri regali! Per me c'è l'iPat. Il biglietto dice: «Il Libro Magico quest'anno l'avevano finito! Ma anche questo non è male... Per Mad, con amore, papà».

Pietro pensò che era un bel regalo, l'iPat costava tantissimo, ma Mad stava già leggendo la ricevuta del suo, di regalo.

– Mentre per P... per P... signore e signori, ancora un attimo di pazienza... per P abbiamo un paio di... meravigliosissime... fichissime... ambitissime... celeberrime... costosissime scarpe da calcio iControl Effect Shock con sensori Active... modello...

Pietro deglutí. Alla fine si era ricordato! Aveva speso una fortuna anche per lui! Mad finí di leggere la ricevuta.

– ... Iridium!

Alla fine si era sbagliato. Pietro non poteva crederci: glielo aveva ripetuto mille volte che le voleva d'oro, non arcobaleno. Però si strinse nelle spalle. Era stato bravo lo stesso. Per diventare adulti non si doveva per forza fare tutto giusto. Non si poteva controllare tutto. Ci si poteva anche sbagliare. Questo pensiero lo fece sentire meglio. Bisognava provarci, e suo papà ci aveva provato. Ci avrebbe provato anche lui (ma le iControl le avrebbe cambiate). Sbadigliò ancora, questa volta senza ritegno, con la bocca aperta come un forno e la gola che emetteva un *ooohh* di stanchezza, e intanto aprí la porta, finalmente soddisfatto.

La mamma era solo preoccupata per loro. Ecco perché era stata nervosa. Ecco perché aveva litigato al telefono con il papà. Era con lui che parlava la notte della Vigilia. Non voleva che il fratellino li facesse soffrire, ma un bambino è qualcosa in piú, pensò Pietro, e non può farti essere di meno.

Luciano ed Efisio li aspettavano sullo zerbino. Non fecero domande, e Pietro e Maddalena non furono costretti a dare risposte. Mancava ancora un caseggiato, e sarebbe finita anche Londra, ma i bambini non avevano piú voglia di portare regali. Chiesero il permesso di tornare alla slitta, inforcarono le bici e pedalarono verso Buckingham Palace. Alle ultime consegne avrebbero pensato Luciano ed Efisio.

Sotto il letto dello gnomo orologiaio, in quel momento, qualcosa si mosse di nuovo. Il bordo della coperta si sollevò e nella penombra spuntò un occhietto furbo, nero nero, che si guardò intorno per assicurarsi che non ci fosse piú nessuno. Poi uscí una testolina. Era Astrid, la nana bambina delle Fær Øer. Si era intrufolata di nascosto nella stanza quando Babbo Natale era arrivato insieme a Katerineen e Popi Wolinski, e per tutto il tempo era rimasta a spiare, assistendo alla lezione del signor Perparim e all'irruzione degli gnomi grassi. Astrid sgattaiolò fuori. Sul tavolo dello gnomo orologiaio c'erano ancora i cacciaviti, i bilancieri e le rotelline dentate. Contemplò il conoide e notò che la catenella era posata quasi sul bordo.

Capitolo 32

– Sono venuto per proporti un accordo, Kristmas.

Panicus Flynch si ergeva tronfio al cospetto di Babbo Natale, immobilizzato a letto dalla camicia di forza. Popi Wolinski si dimenò nel tentativo di scagliarsi addosso al miliardario, ma anche lui era legato, e l'unico risultato che ottenne fu di ribaltare la sedia su cui stava. Gli gnomi grassi si scompisciarono dalle risate, oscillando i mitra nell'aria. Kristmas serrò le labbra, diventando paonazzo. Flynch camminava su e giú per la stanza. Sul pavimento erano ancora sparsi giocattoli di ogni tipo e fazzoletti di carta ciancicati, mentre le candeline sull'albero erano quasi spente. Flynch scavalcò il trenino elettrico e andò alla finestra a contemplare il piazzale di Ullapoool, pregustando il momento in cui sarebbe stato suo. Ricominciò, dando le spalle ai presenti.

– Lo vedi anche tu, Kristmas, che sei ridotto male. Guardati, sei un vecchio... lo sono anch'io, in verità... Ma tu sei malato...

Il vecchio malato rimase impassibile, e Panicus Flynch gli si avvicinò con aria di sfida, dandogli un buffetto sulla guancia con l'indice e il medio.

– Su, su, non prendertela, Nik... È soltanto un ganascino. È che se non ci si tiene in forma, il fisico va in vacca... Hai mai valutato l'idea di fare jogging?

Se gli occhi di Niklas Kristmas fossero stati laser, avrebbero incenerito il neo che vagava sulla faccia di Flynch. Invece, quel bastardo poteva spadroneggiare nella sua camera da letto, circondato da servi, traditori e cani da guardia. Il miliardario fece una pausa. Quando riprese aveva un tono diverso, piú duro e incalzante.

– Sono molti anni che non ci frequentiamo, Niklas, ma ho aspettato questo momento per tutta la vita... Non voglio vendetta, no, anche se l'idea di portare i regali casa per casa l'ha avuta MIO PADRE e VOI DUE, piccoli, miserabili spazzacamini, gliel'avete rubata. E dunque IO, in quanto erede, potrei, e forse avrei anche il diritto di vendicarmi. Invece NO. Ho il cuore tenero, IO, è il mio problema. Quindi ti farò una proposta che ti consiglio di accettare perché difficilmente ce ne sarà un'altra. Se non altro perché, allo stato dei fatti, la tua salute è alquanto malmessa.

Niklas Kristmas gli sputò sulle scarpe e, d'istinto, Aimo Kivimäki si precipitò a pulirgliele, ma Flynch lo allontanò muovendo il piede.

– Siete sempre stati stupidi, voi Kristmas. Tu e quel fanatico inetto del tuo fratellino.

Babbo Natale ringhiò, ma la camicia di forza era troppo stretta. Allora puntò i suoi occhi in quelli di Flynch, gonfiò le guance e sputò di nuovo, centrando sulla spalla Kivimäki, che si stava rialzando. Panicus Flynch ruotò il collo verso Olaf Sparv.

– Parlagli tu.

L'elfo consigliere scattò. Prese una cartelletta da sotto l'ascella e ne estrasse un foglio, che avvicinò al viso del prigioniero. Ma Kristmas chiuse gli occhi. Fu allora che Katerineen intervenne.

– Ragiona, Niklas, non fare il bambino. Senti almeno che cosa ha da dirti il dottor Panicus.

Il vecchio riaprí gli occhi, borbottando.

– Dottor Panicus?! *Dottore* questa capra avida e ignorante?!

Sparv, pallido come non mai, gli si accostò timidamente.

– Ecco, dottor Kristmas, se mi permette andrei a illustrarle la proposta del dottor Flynch, che definire generosa sarebbe quanto meno riduttivo...

Babbo Natale lo trafisse con le pupille acuminate.

– Non parlo con i traditori.

Poi si voltò verso Panicus.

– Ti ascolto, Flynch.

Quello fece una smorfia soddisfatta.

– È presto detto: diventiamo soci, Niklas, io e te, e insieme salviamo il Natale. Da solo non puoi farcela, lo sai anche tu. Io mi occuperò delle prenotazioni e della produzione, tu come sempre della distribuzione.

Una profonda ruga verticale tagliò in due l'ampia fronte di Niklas.

– Perché hai bisogno di me? Che cosa ci guadagni?

– Io sono buono, Niklas, ma nessuno ci crede. Sfortunatamente il Natale è bontà, la recita mondiale della bontà, e la nuova èra non può iniziare con il sacrificio di un vecchio. Inoltre, a dirla tutta, Babbo Natale è un marchio globale.

Il neo peloso gli si era arrampicato sulla punta del naso disossato.

– Qualcuno dei miei perderà il lavoro? – chiese Niklas.

– No, gli attuali livelli occupazionali rimarranno inalterati.

– Il nome?

Flynch ebbe un istante di esitazione, e lanciò un'occhiata a Sparv, che scattò a porgere a Babbo Natale il foglio che prima non aveva voluto vedere. Era cosí teso che sembrava piú filiforme del solito. Ma Babbo Natale non riusciva a leggere senza occhiali. Distinse grandi lettere d'oro, stelline e cuoricini ovunque. Riuscí a decifrare solo la scritta piú grande: «Buon Natale FunFanFun™». Una cosa orrenda.

Spalancò la bocca esterrefatto.

Flynch, invece, sorrideva entusiasta a sessantaquattro denti.

– Ti piace, Nik? Sui colori ci si può lavorare e in futuro possiamo pensare di coinvolgere degli sponsor, compagnie telefoniche, videogiochi, fast food, banche, automobili, bibite energetiche... E poi ci sarebbero questi nuovi giocattoli che vorrei tanto lanciare...

Olaf Sparv appoggiò sul letto di Babbo Natale una valigetta in pelle di coccodrillo[10], fece scattare la serratura e il coperchio si sollevò sulla mercanzia. Flynch riprese: – È un prodotto valido e simpatico. Se ne venderanno milioni di pezzi, credimi. Si tratta di una linea di armi per bambini dal concept rivoluzionario. Non sono normali armi giocattolo, sono armi vere. Per esempio, guarda questa cerbottana con i proiettili urticanti (sono chicchi di riso imbevuti nell'ortica, i bambini si gratteranno in maniera spassosissima), oppure i mini carriarmati, piccoli ma identici a quelli veri, per dichiarare guerra alla classe di fianco, e infine il pezzo forte, le biglie K.O. È sufficiente stringerne una nel pugno per far svenire chiunque soltanto sfiorandolo...

– Prima mi dovrai ammazzare, Flynch.

Il sorriso di Panicus appassí, la sua bocca si trasformò in una fessura e, per dieci secondi di assoluto silenzio, le pupille del miliardario dei giocattoli rimasero inchiodate in quelle del fondatore del Natale. Poi, le labbra di Flynch si aprirono.

[10] In questo caso, purtroppo, appartenendo la valigetta a Panicus Flynch, non siamo in grado di garantire che la povera bestiola non sia stata uccisa per ricavarne scarpe, borsette o, appunto, valigette.

– A volte la morte giunge in modo stupido, Kristmas. Per esempio, ti cade qualcosa in testa mentre stai sotto una finestra...

Era stata quella carogna a uccidere suo padre! Niklas lo aveva sempre saputo, ma i giudici lo avevano assolto. E adesso quel miserabile assassino aveva la sfrontatezza di venirglielo a dire a casa sua. Niklas strinse i pugni cosí forte che le unghie gli si conficcarono nella pelle. Panicus Flynch, invece, lo osservava divertito. Ci aveva preso gusto.

– Finire ammazzati potrebbe diventare un'illustre tradizione della famiglia Kristmas. Povero fratellino tuo e poveri amichetti suoi! Le amichette mie, le valchirie, sono appena sbarcate a Londra. Tu le conosci, vero?

Capitolo 33

Il laghetto era a forma di chiave inglese, forse perché era in Inghilterra. Mad e P lo costeggiarono in bici, ma pedalavano, pedalavano e pedalavano e il parco sembrava non finire mai. Si tremava dal freddo, il cielo era buio e i rami degli alberi si richiudevano sopra le loro teste rendendo la strada ancora piú buia.

– Quanto manca alla slitta, P?

– Siamo quasi arrivati, Mad. Buckingham Palace è alla fine del parco.

Il tempo si era allineato a quello normale e ogni loro gesto, anche il piú semplice, un colpo di pedale o un salto, era diventato stancante. Lo spazio opponeva resistenza al movimento.

– Secondo te la mamma si è già svegliata?

– Non credo, Mad. È ancora notte.

Pietro stava per aggiungere qualcos'altro, ma sua sorella si irrigidí.

– *Sssst!* Zitto!

– Che cosa c'è, Mad?

– Taci!

Si sentiva soltanto il rumore delle ruote delle loro bici sull'asfalto.

– Mad, che cos'è che hai sent…

Gli si accapponò la pelle. Da qualche parte, tra gli alberi, un corvo aveva incominciato a gracchiare, ma non sembrava un verso da uccello, assomigliava piú alla voce bestiale di donna cattiva, che strideva come un'unghia su una lavagna. Al primo corvo se ne aggiunse un altro e un altro ancora, e in pochi secondi furono sei le voci a intrecciarsi e rispondersi, impossibili da localizzare ma di sicuro vicine e minacciose.

– Pedala, Mad, corri!

Le bici schizzarono, le ruote giravano impazzite, sempre piú veloci, le gambe spingevano sui pedali con ogni forza possibile, i polmoni pompavano ossigeno e i cuori battevano nei petti come tamburi. Intorno, le urla diventavano sempre piú selvagge, e presto giunsero anche i corvi in picchiata: gli tagliavano la strada in volo, sfrecciandogli davanti agli occhi per graffiarli e beccarli sulle gambe e le braccia.

– Sei troppo veloce per me, P, scappa!

– Attaccati a me, Mad!

Pietro tese la mano e la sorella la abbrancò. Pedalò a piú non posso trascinando anche la bici di lei, mentre i corvi si tramutavano in valchirie, in donne nude e cattive che gli precipitavano addosso ghignando e sbavando fiotti di saliva nera.

– Zudati zaranno piü zaporritti…

– Zí zí zí! Zaporritti e tenerelli!

Il lago finí e finí il parco, e davanti a Pietro e Maddalena apparve Buckingham Palace, ma era ancora distante, anche se in fondo allo spiazzo avvistarono la slitta con le renne, che gridavano perché avevano sentito puzza di morte. Quando furono a venti metri, scagliarono le bici a terra e saltarono sulla slitta aspettandosi di alzarsi subito in volo. Invece le renne rimasero immobili. Pietro afferrò le redini e tirò, urlò, tirò piú forte, con violenza.

– Muovetevi! Muovetevi! Olga! Per favore!

La prima renna si voltò. Aveva la faccia da lupo.

Capitolo 34

La piccola Astrid si inerpicò sullo sgabello dello gnomo orologiaio, ma siccome il piano del tavolo era ancora troppo in alto per lei, per vedere dovette sollevarsi sulle punte. Per quanto basso fosse il signor Perparim Litmanen, Astrid era una nana delle Fær Øer, per giunta bambina, e dunque era piccola, cosí piccola che per lei ogni cosa era grande. Finalmente riusciva a sbirciare: vide le fotografie di due gnomi, un cruciverba a metà e tante parti meccaniche sconosciute. Ovunque, nella stanza, gli ingranaggi si muovevano senza posa. Ognuno svolgeva il proprio compito senza fare domande, pretendere di comandare e sentirsi sminuito o insoddisfatto per questo. La piccola Astrid sospirò: Ullapoool doveva tornare a essere cosí, come tanti anni prima. Glielo aveva raccontato il suo papà. Sospirò di nuovo: anche lo gnomo orologiaio svolgeva un compito, un compito unico che la attraeva da sempre in maniera irresistibile. L'idea di governare il tempo, di allungarlo e restringerlo, appallottolarlo, strizzarlo e stirarlo, addomesticando uno strabiliante sistema meccanico, le provocava una vertigine, l'irresistibile sensazione di un destino che per compiersi stava soltanto aspettando il suo arrivo.

Nascosta sotto il letto, Astrid aveva ascoltato ogni parola del signor Perparim Litmanen. Lo aveva sentito parlare della catena e del conoide, «il cuore del tempo» aveva detto, e in effetti sul tavolo una catena c'era, individuò anche un ingranaggio a forma di cono che girava a vuoto con una scanalatura a spirale e un piccolo gancio sulla sommità. Raccolse la catena, la tirò per vedere quanto si tendeva e notò che si poteva stringere piú o meno stretta, dopodiché la accostò al conoide. Girava in senso orario poi si fermava, compiva due rotazioni in senso inverso e ricominciava. Si concentrò per capire le ragioni di quel continuo riavvolgersi, e notò che la direzione si invertiva nell'istante in cui la lama scattava a vuoto. Appoggiò la catena al cilindro con il bordo dentato. Aderiva alla perfezione. Forse, con la catena agganciata, la lama non avrebbe girato a vuoto e il conoide si sarebbe mosso nella direzione inversa. Doveva essere per forza cosí. Nella sua testa si materializzò un'idea folle: forse, per rallentare il tempo del signor Luciano sulla slitta, le sarebbe bastato riagganciare la catena. Si guardò intorno. Probabilmente stava per combinare un guaio, ma nessuno la guardava e la situazione non era già abbastanza inguaiata? Che cos'aveva da perdere?

Capitolo 35

Pietro trascinò Mad giú dalla slitta con uno strattone, e incominciarono a correre. I lupi ululavano. Intorno svolazzavano le valchirie. Le loro grida si erano tramutate in insulti e risate di scherno. Maddalena era bianca di paura. Hildr, la rossa, scese in picchiata fino a sfiorarle i capelli con gli artigli e la bambina la sentí cantare in rima.

– *Korri, korri, pampina, ke atesso ti skiaccio dentrro la panina.*

Anche Gunnr, la verde, offrí il suo contributo.

– *Noi ziamo i katti foi ziete i ratti, akkiappiam kvezti tue fratellinni, zkranokkiamo kvezti pikkoli zpunttinni...*

Quanto avrebbero dato per vedere comparire le guardie della regina, o almeno uno di quegli orridi cagnetti abbaianti! Si sarebbero accontentati perfino della regina in camicia da notte e bigodini! Invece il piazzale di Buckingham Palace era deserto, ad aiutarli non c'era nessuno, neppure Luciano ed Efisio, chissà dove si erano cacciati! I due fratelli corsero corsero corsero a perdifiato, inseguiti da sei valchirie nude e fameliche galvanizzate all'idea di averli acciuffati. Stavano per arrendersi quando sentirono chiamare i loro nomi. Si guardarono intorno e si resero conto che, nel punto in cui lo spiazzo finiva e il prato iniziava, le renne li stavano incitando. Le loro gambe scattarono, quasi fossero dotate di volontà propria, e in pochi attimi le raggiunsero. Pietro saltò in groppa a Olga, la prima, Mad su Elga, la seconda, e subito le renne si alzarono in volo con le valchirie alle calcagna ancora piú strepitanti e ghignanti. La magrissima Göndul riuscí ad abbrancare la coda della renna di Mad, che la trascinò in tondo sopra Buckingham Palace.

Göndul lanciava urla impazzite.

– Atesso ti manghio le kiappe, pampina!

E sghignazzando si teneva la pancia con la mano libera.

– Ehehehehe! Ohohohohoh! Ahahahahahah!

Poi si slanciò in avanti e atterrò in groppa alla renna di Mad che gridava terrorizzata. Göndul serrò le ginocchia sulla renna, infilò le dita ossute nelle spalle della bambina e le affondò nel collo i denti neri acuminati, sollevando la bocca insanguinata soltanto per respirare. Mad si dibatteva impotente e piangeva, sentiva il sangue sgorgarle dal collo, ma quel dolore non era nulla rispetto a quanto vedeva accadere cinquanta metri piú in là: appena dietro la bandiera del Regno Unito che garriva su Buckingham Palace, anche Pietro era stato raggiunto da Hildr.

A Ullapoool, in quello stesso istante, il meccanismo del Grande Orologio si arrestò. Astrid aveva fatto scorrere la catena nelle scanalature del conoide e l'aveva appena agganciata all'arpione, quando il sistema si bloccò. La nana bambina si portò una mano alla bocca convinta di aver combinato un disastro, di avere rotto il tempo per sempre, ma con sua immensa sorpresa, dopo un istante di esitazione, gli ingranaggi ripresero a muoversi, dapprima incerti, poi sempre piú fluidi, soltanto che adesso tutto girava all'incontrario, come se il tempo si stesse riavvolgendo su sé stesso. La bambina si prese la testa tra le mani. Non poteva certo saperlo, ma quello era il tempo Zero^{-}, che nessuno prima di lei aveva osato innescare. Senza volerlo aveva invertito il corso degli eventi. E a Londra, nel cielo sopra Buckingham Palace...

.rdliH ad otnuiggar otats are orteiP ehcna ,ecalaP mahgni-
kcuB us avirrag ehc eselgni areidnab al orteid aneppa :àl ni
úip irtem atnauqnic eredacca avedev otnauq a ottepsir allun
are non erolod leuq am ,olloc lad elragrogs eugnas li avitnes
,avegnaip e etnetopmi avettabid is daM .eraripser rep otnat-
los ataniugnasni accob al odnavellos ,itanimuca iren itned i
olloc len òdnoffa el e anibmab alled ellaps ellen etusso atid
el òlifni ,anner allus aihcconig el òrres ludnöG. atazzirorret
avadirg ehc daM id anner alla apporg ni òrretta e itnava ni
òicnals is ioP

!hahahahahahA !hohohohohO !ehehehehE –

.arebil onam al noc aicnap al avenet is odnazzangihgs E

!anipmap ,eppaik el oihgnam it ossetA –

.etizzapmi alru avaicnal ludnöG

Lo smarrimento di Astrid durò soltanto un secondo. Con una mossa fulminea le sue piccole mani si staccarono dalle tempie e sganciarono la catena dall'arpione. Era chiaro: aveva fatto tutto giusto, soltanto che aveva avvolto la catena nel senso sbagliato, e il tempo si era messo a girare al contrario! La srotolò, seguendo la spirale, finché giunse alla base del conoide, dove cominciò a riavvolgerla in senso inverso. Le sue dita si muovevano agili, per lei erano i gesti piú naturali del mondo. Adesso doveva riagganciarla, era la fase piú delicata perché bisognava tirare al momento giusto senza forzare, per non spezzarla, sincronizzandosi con le oscillazioni del bariletto, avanti indietro, avanti indietro, avanti indietr... le dita tirarono forte e, con un gesto sicuro, infilarono l'ultimo anello dentro l'arpione. Il meccanismo riprese a girare. Questa volta in direzione normale. E a Londra, nel cielo sopra Buckingham Palace...

Göndul lanciava urla impazzite.

– Atesso ti manghio le kiappe, pampina!

E sghignazzando si teneva la pancia con la mano libera.

– Ehehehehe! Ohohohohoh! Ahahahahahah!

Ma le sue risate cambiarono accento.

– Ah ah ah! Ahi ahi ahi! Ahiaaaaaaaa!

Pietro e Mad, voltandosi, la videro prendersi la testa tra le mani e mollare la presa. Guardarono in basso, sgranando gli occhi dalla meraviglia. A terra si era radunata una immensa folla di nani da giardino, accorsi a migliaia da ogni giardinetto di Inghilterra, Galles, Scozia e Irlanda. Armati di fionde, cerbottane e alabarde, eccitati dalla battaglia e strafelici di non dover piú fingere di essere di gesso, scagliavano ghiaia contro le valchirie, dimostrando una mira pazzesca. Davanti all'esercito dei nani si ergevano due condottieri, Luciano ed Efisio, a cavallo della terza e quarta renna. Appena Pietro li riconobbe, sentí il desiderio di combattere al loro fianco e spronò Olga a raggiungerli.

– Giú! Scendiamo a terraaaa!

Le renne si avvitarono in picchiata mentre la gragnuola di sassate proseguiva, cosí fitta e precisa che le valchirie si dispersero nel cielo. Soltanto Göndul la scheletrica, raggiunta da un'altra sassata in fronte, perse l'equilibrio e piombò dritta tra le braccia del nano picchiatore. Una furibonda battaglia ebbe inizio. Volarono cazzotti e artigliate, manrovesci e morsicate a tradimento. I nani da giardino, Luciano e i ragazzi si disposero in circolo a fare il tifo, perché intervenire a difesa del loro amico non sarebbe stato sportivo, ma il nano picchiatore perdeva colpi, non riusciva a essere spietato come avrebbe dovuto, e la valchiria era forte, veloce e cattiva. Efisio Fois non aveva mai picchiato una donna, men che meno nuda, e neppure una bestia crudele con le sembianze di donna, quindi si sentiva imbarazzato. Göndul, dal canto suo, aveva fame e temeva di essere stata abbandonata dalle sorelle, perciò lottava allo spasimo, alternando grida di guerra e gemiti di spavento, e questa sua debolezza inteneriva il cuore del nano. Inoltre la valchiria volava, mentre Efisio era inchiodato a terra. L'esito fu incerto fino all'ultimo. Tra i nani da giardino – si racconta – qualcuno si mise perfino a raccogliere scommesse.

Efisio Fois le assestò un paio di schiaffoni, ma la valchiria gli graffiò la pancia e la guancia con gli artigli; Efisio le sferrò un calcio nel sedere, ma Göndul gli strappò uno scalpo di capelli e gli azzannò una spalla fino a staccargli un pezzo di carne, che subito masticò e inghiottí. Eccitata dal sangue, gridò a squarciagola il suo trionfo.

Richiamate dall'urlo, le altre accorsero. Hildr la rossa per prima. I nani da giardino riarmarono le fionde, ma le valchirie, ringalluzzite, schivavano i proiettili, facendosi sempre piú vicine. Göndul si impennò in volo per preparare la discesa finale. Efisio guardava in alto, ma il sangue gli colava copioso sugli occhi, impedendogli di vedere. Mad si mise a tifare senza piú trattenersi.

– La colpisca, signor Efisio. Lei è il nano picchiatore, se lo ricordi! La colpisca!! Lo faccia per il Natale! Lo faccia per suo nonno Gavino! Lo faccia per me! Io le voglio bene!

Rincuorato da quelle parole, il nano si riprese e levò in alto il suo terrificante urlo di guerra.

– *Kótà-kótà-kótàtà.*

Subito dopo incominciò a turbinare su sé stesso come un derviscio, sempre piú veloce, piú veloce, piú veloce che mai, mentre Göndul scendeva senza riuscire a capire se fosse meglio artigliarlo o morderlo, attaccarlo dall'alto o di fianco, senza poter prevedere, cioè, quale parte del corpo del suo nemico le si sarebbe offerta all'impatto, se la testa, la pancia, una spalla, e quando finalmente arrivò, constatò che quella parte era un pugno chiuso diretto al suo mento con tutta la violenza delle rotazioni compiute dal nano, con tutta la potenza delle stirpi di nani picchiatori che per secoli avevano affinato il loro patrimonio genetico per preparare l'avvento di Efisio Fois e del suo formidabile pugno sinistro che avrebbe mandato a gambe all'aria un'ossuta valchiria chiamata Göndul. La scheletrica, infatti, volò all'indietro, andando a sbattere le sue ossa acuminate contro Skuld e Geirskögul, che sopraggiungevano, ma che immediatamente ruzzolarono al suolo.

I nani da giardino, a quel punto, rimisero in tasca le fionde ed estrassero dagli zaini metri e metri di corda, che fecero roteare sopra le teste e lanciarono come *lazos* per catturare Skögul, Gunnr e Hildr. Pietro saltava di gioia. Elga, la renna di Mad, si imbizzarrí dall'entusiasmo e disarcionò la bambina, che cadde con il sedere per terra ridendo. Efisio Fois, contuso e frastornato, si pulí il sangue dalla faccia e rimontò in sella. Luciano gli diede una manata sulla spalla per congratularsi, ma Efisio, ammaccato com'era, strillò di dolore. Fecero un cenno ai nani da giardino e, subito dopo, le renne si alzarono in volo.

I quattro cavalcavano ignari dell'impresa di Astrid. Avevano soltanto dedotto, dalla fissità delle nuvole, dall'immobilità degli aerei e dalla ritrovata leggerezza dei gesti, che il tempo Zero$^+$ aveva ricominciato a regnare. Luciano veniva davanti, Pietro secondo, Mad per terza e il nano chiudeva. Erano sfiancati, ma ancora pieni di esaltazione. La battaglia aveva lasciato in ciascuno una scia di adrenalina. Luciano sollevò il pugno in segno di conquista.

– Abbiamo vinto, ragazzi. Evviva il nostro Efisio!

– Chiamami nano.

Luciano schioccò la lingua.

– Si va a casa, adesso. Anche se, be', in realtà, alle sei del mattino mancherebbe ancora mezz'ora che, calcolata al tempo Zero^{+}, dura trecentosessanta ore, cioè quindici giorni...

I compagni lo fissarono incuriositi.

– Il fatto, ragazzi, è che ci sarebbe ancora un bambino...

Luciano indicò una bisaccia di juta che pendeva dal fianco della renna. P, Mad ed Efisio lo osservarono con aria interrogativa.

– È Manolis, il figlio del custode di FunFantasyland, sapete il parco dei divertimenti di Flynch ad Atene? Ma se siete stanchi, fa niente...

Capitolo 36

Il punto di ritrovo era un capannone abbandonato alla periferia di Ullapoool. Sulla porta il dottor Kyösti Kallio stringeva personalmente la mano a ogni nuovo arrivato. Erano operai, cuochi, carpentieri; erano postini, collaudatori e impacchettatori; erano falegnami, decoratori, slittai, veterinari, pulitori; erano elfi, nani, giganti, gnomi e folletti; erano vecchi e giovani, uomini e donne, erano bambini e bambine: era il popolo che usciva dalle camerate poco prima dell'alba, con gli occhi cisposi ancora gonfi di sonno e i segni delle cuciture del cuscino stampati sulle guance, per salvare il Natale e il suo fondatore. Akel, Attÿlius e Galina, i giovani aiutanti di Popi Wolinski, si occupavano di istruire i presenti. Sui loro volti si leggevano stanchezza e preoccupazione, ma anche l'entusiasmo di sentirsi di nuovo uniti per la prima volta dopo anni. Io era ridiventato noi. Noi era diventato tutti. Ullapoool era ridiventata Ullapoool.

L'assalto ebbe inizio alle cinque e trentadue del 25 dicembre, quando i cittadini irruppero nella stanza dove il signor Niklas Kristmas e gli altri erano tenuti prigionieri. In prima fila c'erano Akel, Attÿlius e Galina; dietro, il dottor Kallio e i cittadini. I prigionieri si voltarono, gli gnomi grassi si voltarono, anche Panicus Flynch, Olaf Sparv, Ralf Rattus, Pippa Propp e Aimo Kivimäki si voltarono, e nei loro occhi apparve il terrore, ma durò pochissimo. Gli bastò uno sguardo per sentirsi risollevati. I sorveglianti puntarono i mitra: quei pezzenti non erano armati, sempre che non si considerino armi spade di legno, archi da indiani e cerbottane. Panicus Flynch li osservò circospetto: non era possibile che fossero cosí sprovveduti da presentarsi senza un piano. Perfino Niklas, Kat e Popi ripiombarono nello sconforto quando videro com'erano equipaggiati i loro salvatori. Kivimäki, invece, si sbellicava dal ridere: una banda di straccioni armati di pistole di latta e finte spade laser pretendeva di battere un uomo come il signor Panicus Flynch, un imprenditore che si era fatto da solo, uno degli individui piú ricchi e geniali del pianeta! Come si permettevano, quei dilettanti? Ma mentre tutti si scompisciavano, Popi Wolinski, la guancia ancora schiacciata contro il pavimento a causa della caduta precedente, si accorse che nella stanza erano entrati di soppiatto anche scoiattoli decoratori, porcospini, civette, ermellini, ghiri e lemming. Li osservò zampettare quatti quatti sotto l'albero di Babbo Natale e intuí il vero piano: stavano rosicchiando la base, rosicchiando e spingendo, rosicchiando e spingendo, finché la cima oscillò, si inclinò e cadde in testa agli gnomi grassi, che non seppero fare di meglio che aprire la bocca e sparare in alto nel tentativo idiota di uccidere il perfido pino norvegese che aveva osato attaccarli.

Fu questione di un secondo, e i cittadini gli furono addosso. In un attimo il libero popolo di Ullapoool disarmò gli armati, liberò i disarmati e incarcerò i carcerieri imprigionandoli con le loro stesse catene. Una falange di follette infiocchettatrici e folletti traduttori avanzò nella stanza: insaccarono le carni grasse di Kivimäki trasformandolo in un cotechino piangente, avvolsero le forme esuberanti della Propp, imbrigliarono le ossa sottili di Sparv e le tozze membra pelose di Rattus, insalamarono gli uni agli altri gli gnomi grassi e, dulcis in fundo, ammanettarono Flynch, che porse i polsi in segno di resa. Niklas Kristmas emise un ruggito di soddisfazione. Non appena gli tolsero la camicia di forza, si levò in piedi davanti al nemico con aria di sfida. Stava per parlare, ma una voce richiamò l'attenzione generale.

– Con permesso! Con permesso! Fatemi passare, prego...

Il signor Perparim Litmanen, appena liberato dalle sue catene, si faceva largo verso l'uscita, massaggiandosi la mano destra gonfia e dolorante.

– Finire il lavoro... valchirie... Finire le consegne.... Agganciare catenina all'arpione del conoide... Sganciare la catena. La catena. La catena!

Quando lo gnomo orologiaio scomparve, Popi Wolinski si accostò a Niklas Kristmas.

– Che cosa si fa dei prigionieri?

– Chiudeteli nelle cantine vicino alla dispensa, per ora, proprio sotto le cucine.

– Avete sentito il signor Kristmas?

Akel, Attÿlius e Galina, aiutati da una squadra scelta di operai, fecero mettere in fila i prigionieri, ma quando giunsero a Panicus Flynch, Niklas Kristmas li fermò con un cenno della mano.

– Flynch no. Con lui me la vedo io.

Katerineen provò a protestare.

– Ma, Niklas!

– Questa è una storia tra me e lui. Non metterti in mezzo.

Katerineen perse la pazienza.

– Adesso mi hai proprio stufata, Niklas Kristmas, stupido vecchio testardo che non sei altro.

Dalla rabbia Kat picchiò i piedi per terra e se ne andò sbattendo la porta, avvolta in un turbine di parolacce, mentre gli gnomi grassi, il loro capo Kivimäki, la sua segretaria Pippa Propp, l'elfo consigliere Olaf Sparv e il troll informatico Ralf Rattus sfilavano tra due ali di folla che li squadrava con ostilità. Vanna Van de Kerkoff, la capocuoca olandese, in segno di disapprovazione bastonava con un cucchiaio di legno la testa di tutti i traditori che le capitavano a tiro. L'idea che quella gentaglia fosse rinchiusa nei pressi dei suoi fornelli non le garbava affatto.

Nel frattempo il signor Perparim Litmanen marciava spedito verso la stanza dell'Orologio. Per fare prima, aveva preso la scorciatoia. Conosceva talmente bene quel cunicolo da poterlo percorrere anche al buio, senza torcia. Oltrepassando il cancello di Gulon, il mostro mangiaregali, evitò di respirare per non sentire il fetore che esalava dalla tana, e giunse alla scala, che salí due gradini alla volta. Arrivato sul pianerottolo, spinse la porta e per poco non gli venne un infarto: nella sua stanza, sul suo sgabello, seduta al suo tavolo, c'era una bambina, anzi, una nana bambina, intenta a maneggiare i suoi strumenti da lavoro con due manine microscopiche. Ma gli fu sufficiente un'occhiata per rendersi conto con sommo stupore che la catena del conoide era tornata a posto, agganciata all'arpione e stretta alla perfezione. Ogni rotella si muoveva in assoluta armonia con l'intero sistema. Il tempo era stato fermato. La bambina era talmente assorta che non si accorse di lui. Perparim Litmanen, gnomo orologiaio da tre generazioni, rimase a spiarla, cosí stupefatto dalla naturalezza con cui maneggiava strumenti tanto sofisticati da dimenticarsi, perfino, della sua mano dolorante. Poi avanzò in punta di piedi fino al tavolo, fermandosi alle spalle della piccola intrusa.

– E tu chi sei, bambina?

Lei si voltò calma, e gli sorrise.

– Mi chiamo Astrid, ho sette anni. Mio papà e mia mamma sono impacchettatori. Siamo nani delle isole Fær Øer.

– Chi ti ha mandato?
– Nessuno, signor gnomo orologiaio. Sono entrata di nascosto insieme al dottor Kristmas e agli altri, ma lui non lo sa mica. Ero sotto il letto...
– Hai aggiustato tu l'Orologio?
– Sí, ma era facile. Dipendeva solo da questa catena.
Prima che Perparim avesse il tempo di bloccarla, Astrid afferrò la cima tra pollice e indice, e la sfilò dall'arpione ripristinando il tempo Ordinario. L'orologiaio non ebbe nemmeno il tempo di disperarsi che qualcosa picchiò contro il vetro della finestra. Corse a guardare e vide il signor Wolinski che si sbracciava armato di fionda in mezzo al piazzale. Al suo fianco riconobbe la signorina Katerineen e il dottor Kallio. Spalancò la finestra, e la voce cavernosa del capo dei nani operai risuonò nell'aria gelata del Nord.
– I prigionieri sono scappati! La Propp è riuscita a slegarsi. Hanno imboccato la scorciatoia. Arriveranno nella camera dell'Orologio! Chiudetevi dentro!
Lo gnomo non ci pensò un istante, e invece di barricarsi afferrò Astrid per il braccio, trascinandola con sé giú per le scale. L'unica speranza di fermarli era raggiungere l'antro del mostro mangiaregali prima di loro. Si scapicollarono per i gradini, Astrid praticamente volò, e in pochi secondi furono al cancello. Perparim Litmanen afferrò il catenaccio con la mano sana e lo tirò bruscamente. Il cancello si aprí cigolando sui cardini. Lo gnomo orologiaio arretrò, tirandosi dietro l'inferriata fino a quando il catenaccio non fu in corrispondenza di un incavo nel muro, a quel punto ce lo spinse dentro con tutta la forza che aveva. Nella penombra risuonarono passi e rumori di ferraglia. I traditori stavano arrivando. Allo gnomo parve di distinguere la voce di Kivimäki.
– All'Orologio! All'Orologio!!

Ma tra il capo degli gnomi grassi e l'oggetto delle sue intenzioni malvagie, ormai, c'era una pesante grata di ferro. Lo gnomo orologiaio si assicurò che il cancello fosse ben chiuso, poi prese per mano Astrid e ritornò di corsa con lei fino alla scala, dove si appostarono nell'ombra a seguire gli eventi. Come aveva previsto, i nemici trovarono la via sbarrata e, nonostante la puzza insopportabile, si infilarono nell'antro del mostro mangiaregali convinti che fosse la strada per il Grande Orologio. Non gli restava che una mossa. Perparim Litmanen raccolse tutto il coraggio che aveva, raggiunse di nuovo il cancello e lo spinse in avanti fino allo stipite, poi con un gesto secco lo richiuse. Li aveva imprigionati là dentro, nella tana del mostro, e non ne sarebbero usciti mai piú.

Popi Wolinski e i suoi giovani aiutanti sopraggiunsero di corsa. Il capo dei nani operai appoggiò la faccia contro le sbarre per scorgere quanto accadeva all'interno. Ma era troppo buio. Ci fu del trambusto, si udirono grida e tanti altri rumori spiacevolmente digestivi: bolle che venivano a galla in un minestrone di cavoli, sibili di mongolfiere che si sgonfiavano, lavandini sgorgati. Seguirono parecchi secondi di sommovimenti alla fine dei quali esplose un rutto gigantesco, segno incontrovertibile di una terrificante digestione in atto, uno smottamento altrettanto assoluto del vuoto che l'aveva partorito, dopodiché nell'aria dilagò una puzza densa, inumana. Popi Wolinski si portò una mano alla bocca per non dare di stomaco. Astrid, la nana bambina arrampicata sulla spalla dello gnomo orologiaio, si tappò il nasino tra pollice e indice e gli si accostò all'orecchio con un impercettibile sorriso scolpito sulle labbra.

– Bel colpo, signor Litmanen. Però lei si ricorda, vero, che ci sarebbe ancora quella catenina da riagganciare?

Capitolo 37

Tra il sasso lanciato da Popi Wolinski contro la finestra dello gnomo orologiaio e il rutto del mostro mangiaregali trascorsero poco piú di cinque minuti ordinari, ma per Luciano, Efisio e i ragazzi furono i piú agghiaccianti dell'intera nottata. Un istante prima che Wolinski arrivasse, infatti, Astrid aveva tolto la catena cancellando di nuovo il tempo Zero$^+$. Eppure, andando verso Atene, i quattro si erano sentiti in festa, poiché credevano di poter fare con calma e nessuno di loro, naturalmente, se l'era sentita di escludere un bambino dal Natale. Altrimenti che festa dell'uguaglianza sarebbe stata?

Giunsero a FunFantasyland esattamente alle cinque, quaranta minuti, nove secondi e trovarono un mortorio. A causa del tempo Zero$^+$ i personaggi di fantasia se ne stavano fermi come le figure di un libro illustrato. Luciano, il nano e i ragazzi ne approfittarono per fare i turisti e visitare con calma i padiglioni: esplorarono il Regno di Oz, fecero una capatina dietro lo specchio, ma era tutto ribaltato e al nano venne la nausea, cercarono l'Isola che non c'è, ma non c'era, e quando si sentirono stanchi e affamati si regalarono una merenda nella casetta di marzapane di Hänsel e Gretel, mangiandola. Quando arrivarono nel Paese dei Balocchi, Mad s'innamorò delle magnifiche calze di lana rosse di Mangiafuoco che russava su un'amaca, e pensò che con quelle ai piedi Babbo Natale non si sarebbe mai ammalato. Ai limiti del Bosco incantato Pietro indicò un cartello pubblicitario su cui erano incise queste parole: «Visitate la Grande Voliera! Venite a sfamare le valchirie!» Mad aggrottò le sopracciglia scandalizzata.

– Ma questo posto è per i bambini! Come facevano a esserci le valchirie?

Il volto di Luciano si era fatto piú buio della notte:

– Sí, ma appartiene a Panicus Flynch, il miliardario dei giocattoli. È lui che ce le ha mandate contro. Come ho fatto a non pensarci? Per fortuna non potranno piú fare male. A loro penseranno i nani da giardino.

Dopo cinque secondi di silenzio, Efisio prese la parola.

– Stiamo qui a lamentarci o portiamo l'ultimo regalo?

Manolis, il figlio dei custodi del parco, era l'unico bambino rimasto in tutta la Grecia. Dormiva a pancia in su: aveva lunghe ciglia nere che, strizzando gli occhi, faceva vibrare. Ogni tanto rideva nel sonno. Forse sognava altri bambini. Aveva sei anni. I genitori gli ripetevano sempre che nessun altro bambino aveva la fortuna di abitare nel mondo fatato, ma lui odiava i personaggi di fantasia perché avevano mandato via i suoi amici reali e lo prendevano in giro. Ogni volta che scendeva in strada a giocare, i protagonisti delle fiabe lo spaventavano con le miccette. Luciano posò a terra la bisaccia. Pietro commentò: – Non ho mai visto una stanza cosí spoglia.

Mad si guardò intorno. Era vero. Non c'era niente di niente.

– Questo qui, per me, odia i giocattoli.

Il nano Efisio accese il tablet.

– Aspettate, vi leggo la sua lettera di Natale:

Caro Babbo, non mi piacciono i giochi e odio le fiabe. Rivoglio soltanto i miei amici, ma non penso che tu me li puoi portare impacchettati perché sono tutti andati via. Quindi grazie, ma non desidero niente. Tanti auguri, Manolis.

Il nano era molto contrariato.
– Povero bambino.
Mad scosse la testa.
– Tutta questa strada per nulla. Se non vuole niente, non vuole niente. Mica possiamo costringerlo a ricevere un regalo.
Pietro tirò fuori di tasca qualcosa.
– Potrei dargli il mio telefono cosí chiama gli amici.
Luciano gli posò una mano sul braccio.
– È una grande idea, ma non è necessario. Nel sacco dovrebbero essere rimasti ancora un paio di SuperPhone Eternity. Diamone uno a lui.
Il SuperPhone Eternity Prepagatus era l'unico telefonino al mondo prepagato in eterno, quindi Manolis avrebbe potuto telefonare per sempre a tutti i suoi amici. Lo salutarono con la malinconia nei cuori. Erano passati quaranta secondi ordinari, otto ore Zero$^+$, ma avevano già voglia di andarsene. Quel posto era una noia mortale. Le renne erano rimaste a pascolare nel giardino del Gigante egoista. Si avviarono in quella direzione decisi a rimettersi subito in viaggio verso casa. Non potevano immaginare che, a Ullapoool, una minuscola nanetta delle Fær Øer avesse di nuovo sospeso il tempo Zero$^+$ allineandolo a quello Ordinario.
Appena svoltarono l'angolo, si accorsero che la strada principale di FunFantasyland si era improvvisamente animata. In quell'istante a Ullapoool Astrid aveva staccato la catena. Il mortorio si era tramutato in *movida*. C'erano ristoranti, pub, discopub, bar e discobar, discoteche ed enoteche, e ogni locale pullulava di clienti. Luciano affiancò Efisio, sconsolato.

– È successo di nuovo qualcosa al tempo, nano. Non ne posso piú.

– Non si può mai stare tranquilli, uomo.

I bambini sgranarono gli occhi. Adesso sí che quel posto era strabiliante. Si incontravano Vip della fantasia a ogni passo, e non soltanto quelli delle fiabe, ma anche quelli dei fumetti e dei film. Et l'extraterrestre fece l'occhiolino a Maddalena; Jessica Rabbit a Pietro; riconobbero Harry Potter che corteggiava la Fata Turchina; videro Batman che sfidava a braccio di ferro Braccio di ferro e, quando incontrarono i Fantastici Quattro, Efisio fermò la Cosa per presentargli i suoi amici.

– Credimi, Cosa, siamo piú fantastici noi.

Dappertutto c'erano luci colorate, palle stroboscopiche, raggi laser e cascate di musica dal vivo: i musicanti di Brema suonavano *O Sole mio* davanti a una pizzeria, mentre il Pifferaio magico eseguiva *Yesterday* dei Beatles in un ristorante. Mad e P si fermarono ad ascoltare. Davanti all'entrata stazionavano due orchi in ghingheri con i capelli raccolti a coda di cavallo. Mad interrogò con gli occhi il nano, che le spiegò: – Sono i buttafuori.

– E chi buttano fuori?

– Quelli che non gli piacciono. I locali esclusivi escludono per forza.

– Ma se uno è educato perché deve essere escluso?

Mad fece una smorfia di disappunto e lesse l'insegna. C'era scritto «Pat's Restaurant». Era il ristorante di quella smorfiosa di Pat! Si alzò in punta di piedi per spiare all'interno e la vide, al di là della vetrata, che correva da un tavolo all'altro in uniforme da cameriera per prendere le ordinazioni dei suoi esclusivi clienti. Mad arrossí. Il Pifferaio attaccò *Strangers in the Night* di Frank Sinatra.

Poco piú in là, Luciano ed Efisio stavano per richiamare i ragazzi, quando scorsero due tipetti che procedevano verso di loro. Il primo aveva i capelli rossi e indossava un berretto verde, il secondo era biondino e indossava un farfallino rosso. Il rosso con il berretto verde alzò la mano destra, il biondino con il farfallino rosso sollevò la sinistra. Ce l'avevano proprio con loro. Fu il biondino a parlare.

– L'essenziale non lo vedono, gli occhi, quindi favorite le vostre generalità, prego. Nome, cognome eccetera.

Luciano si innervosí. Come diavolo parlava quell'idiota? Chi si credeva di essere? Ma il biondino non mollava.

– La tessera dei sindacati ce l'avete?

– Senti, ragazzino, non venire a parlare a me di sindacati.

Il biondino rintuzzò.

– Le parole possono soffocare il mistero! Le tessere no!

Il rosso spiegò: – Signore, per passeggiare nella zona Vip di FunFantasyland è obbligatoria la tessera dei sindacati. Siete o non siete Lavoratori della Fantasia regolarmente iscritti?

– Be', veramente, saremmo i protagonisti di un libro intitolato *I fratelli Kristmas*…

– Sí, ma il vostro scrittore è iscritto all'Ordine?

Il biondino, intanto, continuava a ripetere un'unica frase come un disco incantato, attaccandoci in fondo ogni volta una delle sue stucchevoli perle di saggezza. Oltre al farfallino, indossava una cintura e degli orridi pantaloni a zampa di elefante.

– Mostrare la tessera, prego. Mostrare la tessera, prego… Bisogna pretendere da ciascuno solo ciò che ciascuno può dare.

Il nano si stava innervosendo da matti, ma Luciano con pazienza continuava a cercare il dialogo.

– E voi due chi sareste?

– Io mi chiamo Peter Pan, signore. E il mio collega qui è il Piccolo Principe.

Il biondino fece sí con sussiego e riprese la cantilena: – Mostrare la tessera, prego. Le spine non servono a niente, sono solo la parte cattiva dei fiori!

Poi assunse un'espressione di sognante saggezza. Il nano era disgustato, ma quello ormai era inarrestabile.

– Si corre il rischio di piangere, se ci si fa addomesticare...

Il nano gonfiò il petto. Stava per esplodere. Luciano lo dissuase, muovendo appena la bocca, come un ventriloquo.

– Non ora, nano. I bambini stanno arrivando...

I due controllori si irrigidirono. Il biondino portò alle labbra un fischietto, e un sibilo acuto frantumò l'aria e i timpani di tutti. Luciano Kristmas, Efisio Fois, Pietro e Maddalena scattarono. Desideravano soltanto volarsene via da quel posto. Guadagnarono un centinaio di metri di vantaggio, ma alle loro spalle si formò una folla di inseguitori. Erano tanti e facevano paura: c'erano lupi cattivi e fate malvagie, regine vanitose e giganti puzzolenti, c'erano Barbablù, Mangiafuoco e Peppa Pig, ed erano tutti infuriati contro i clandestini invasori.

Poi, sulle loro teste, avvertirono un'ombra: il tappeto volante di Aladino. Era una situazione assurda e spaventosa. La Lepre superò la Tartaruga e si infilò tra le gambe di Luciano, tentando di sgambettarlo, ma non ci riuscí.

Continuarono a correre finché non raggiunsero le renne, che partirono in volo, ma il tappeto di Aladino era veloce e a terra i quaranta ladroni agitavano torce e bastoni. A Luciano ed Efisio veniva quasi da ridere: era un'ironia morire cosí, dopo essere sfuggiti due volte alle valchirie. Luciano guardò il sincrorologio. Le cinque e quarantasei: erano passati solo cinque minuti. Quali orribili torture avrebbero escogitato per loro quelle mezze calzette vendute? Li avrebbero costretti a imparare a memoria le canzoni di *Violetta*? Gli avrebbero inflitto tutte le puntate di *Scooby-Doo* di fila?

O i *Teletubbies*? Avrebbero consegnato i bambini alla Strega al posto di Hänsel e Gretel? Le renne galoppavano, ma Aladino si avvicinava, ormai poteva quasi toccarli quando, di colpo, i nostri eroi schizzarono altrove, come sassi scagliati da una fionda. E il mondo arretrò, inghiottito dallo spazio e dal tempo. Aladino si immobilizzò e sulla terra le fiaccole dei ladroni smisero di agitarsi. Si fermò tutto, anche le nuvole, anche la luna, e in un attimo i quattro furono lontani chilometri.

A Ullapoool, Astrid aveva appena riagganciato la catena e regolato il perno sotto gli occhi colmi di gioia del signor Perparim Litmanen.

Avvolte di nuovo nel tempo Zero$^+$, le renne trottavano libere nel cielo di Grecia. La loro missione era compiuta: ogni bambino sulla Terra quella notte era stato visitato dallo spirito del Natale.

Capitolo 38

Niklas Kristmas parlò con lentezza, scandendo ogni sillaba.

– Sono rimasto per proporti un accordo, Flynch.

Flynch, i polsi ancora ammanettati dietro la schiena, abbozzò un ghigno da duro: pensava che lo stesse prendendo in giro. Ma Kristmas gli si avvicinò al punto da fargli annusare il suo fiato.

– È un accordo generoso, Flynch.

Il miliardario distolse la faccia. L'alito di Babbo Natale avrebbe ammazzato un tricheco.

– E quest'accordo comprende anche il tuo alito, Kristmas?

– Comprende il mio alito e i miei schiaffi, Flynch.

– Sei troppo grasso per fare il bullo, Niklas. Lascia stare. Diventi ridicolo.

– Adesso io e te ce ne andiamo fuori, come si faceva una volta, quando eravamo ragazzi. Te lo ricordi, Panicus?

– Come scordarlo, Nik? Mio padre aveva il negozio di giocattoli piú bello di Londra mentre il tuo era un pezzente. E cosí tu e il tuo invidioso fratellino mi riempivate di botte.

– Esagerato! Una volta ti abbiamo anche fatto giocare a pallone!

– Sí, ma con la regola di una sterlina a gol! E me ne avete fatti fare ventuno!

– A volte i bambini sono spietati, Flynch. Soprattutto se gli avvelenano l'acqua. Diventano crudeli...

– Se continui mi commuovo e scoppio a piangere, Niklas. Non stavi per propormi un accordo?

Niklas Kristmas si frugò le tasche in cerca di qualcosa, ma non trovandolo si contorceva. Sembrava che si grattasse.

– Che ti succede, Nik? Hai ancora le pulci come da bambino?

– No, Flynch. Ho un'altra cosa. Ancora piú fastidiosa.

La mano grassa di Babbo Natale riemerse stringendo un soldatino di piombo alto tre centimetri, con la giubba verde, i pantaloni rossi e in testa un copricapo scuro.

– Lo riconosci?

Flynch si entusiasmò.

– Certo che lo riconosco! Lo producevamo noi! È un ussaro del VII reggimento dipinto a mano... Ne avevo uno anch'io, mi ricordo, però un giorno l'ho perso e non l'ho piú ritrovato. Com'è che ce l'hai tu?

Babbo Natale lo fissava senza muovere un muscolo. Flynch all'improvviso sentí crescere l'allarme. Babbo Natale continuò: – Per me è una specie di portafortuna, sai. Lo tengo con me dal giorno in cui è morto mio papà. L'ho trovato sul davanzale da cui cadde la lastra che l'ha ucciso.

Flynch non disse una parola, ma era impallidito. Niklas Kristmas strinse i pugni, concedendosi una lunga pausa. Il miliardario incominciava ad avere paura.

– L'accordo, Nik, qual è?

– Mi ricordo che quel giorno, infilandolo in tasca, ho pensato che prima o poi avrei incontrato il suo legittimo proprietario.

– Ho capito! Vuoi farmi fucilare dall'ussaro! Indovinato?

– No, te lo voglio far mangiare.

– Non scherzare, Nik. È passato un secolo!

– Sí, ma i soldatini non vanno a male.

Flynch si irrigidí. La sua voce era glaciale.

– Io cosa ci guadagno?

– L'accordo, Flynch. Se lo inghiotti, poi io e te andiamo fuori e facciamo a pugni come ai bei tempi.

– E chi vince, che cosa vince?

– Tutto, Flynch. Siamo in lotta da una vita ed è ora di conoscere il nome del vincitore.

– Stai dicendo che se vinco io mi prendo il Natale?

– Sí, però se perdi perderai tutto.

– Non essere ridicolo! La FunFanFun™ vale molto di piú del Natale!

– Non ti facevo cosí codardo, Panicus. Hai paura di un povero vecchio grasso e malato?

Flynch riconsiderò la faccenda: in effetti avevano quasi la stessa età, ma Niklas era conciato da schifo. Che cos'aveva da perdere?

– Perché lo fai?

– Perché se tu perdi, Flynch, i bambini vincono.

Gli occhi azzurri di Panicus Flynch guizzarono eccitati. Quel vecchio scimunito pensava davvero di batterlo? Di battere lui, Panicus Flynch, un vincente, che si allenava ogni giorno da tutta la vita? Kristmas era cosí arrogante! Per vendicare suo padre era disposto a giocarsi il Natale, l'unica cosa che aveva. Le sue labbra si incresparono.

– Sono pronto, Niklas. E tu?

Anche Kristmas sapeva che era una scemenza, che fargli inghiottire il soldatino era un'idea infantile e insensata, ma l'immagine di Flynch seduto sul water che cercava di espellere il piccolo ussaro di piombo lo faceva ridere moltissimo. Allungò le dita e posò il soldatino sulla lingua del padrone della FunFanFun™, che in mezzo minuto ingurgitò l'intruso. Niklas vide il suo gargarozzo andare su e giú. Il miliardario riaprí gli occhi azzurri, che per lo sforzo si erano bagnati di lacrime.

– Non era male... Un po' pesante, forse...

Si concesse una pausa.

– Allora, Niklas, sei pronto?

Panicus Flynch camminava davanti, nella neve, Niklas Kristmas gli indicava la strada da dietro. Se Katerineen lo avesse visto, per la rabbia lo avrebbe picchiato sulla testa con un mattarello, ma Katerineen purtroppo era altrove: stava inseguendo gli gnomi grassi nel cunicolo del mostro mangiaregali.

Flynch e Kristmas attraversarono il piazzale del villaggio e si infilarono tra le casupole dei nani operai, oltrepassarono i capannoni dove si confezionavano i giocattoli e aggirarono il deposito. Al limitare del bosco, dove la neve era cosí bianca che faceva luce, il paese finí. Giunsero in una radura, e Babbo Natale si fermò. Panicus Flynch era già stato in quel posto. Lo riconobbe. Il suo elicottero piccolo era parcheggiato poco lontano. Kristmas si sfilò la giacca per combattere con piú libertà. Flynch infilò la mano destra in tasca e la tirò fuori chiusa a pugno.

Capitolo 39

– Non piangere, Mad.

I ragazzi cavalcavano in prima fila, Luciano ed Efisio dietro di loro, nelle retrovie. Senza slitta si sentivano piú eroici, anche se gli dispiaceva averla abbandonata a Buckingham Palace. Efisio sbirciò di lato il profilo di Luciano e gli venne da sorridere: sembravano Don Chisciotte e Sancho Panza. I fratelli parlottavano a bassa voce per non farsi sentire, anche se ogni tanto alle orecchie degli adulti arrivava mezza frase, subito cancellata dal vento che la soffiava altrove. Risalivano l'Adriatico, sotto di loro centinaia di isole croate si confondevano con le ombre nere delle nuvole sul mare, mentre a Oriente, sulla linea della Terra, incominciava timidamente a divampare l'incendio dell'alba. Luciano e il nano accelerarono appena, per cercare di capire perché Mad stesse piangendo. Pietro le si era fatto piú vicino.

– Perché devono rimanerci male, Mad?

– Perché magari ci vogliono bene.

– Certo che ci vogliono bene, Mad, ma proprio per questo capiranno.

– Sí, Pietro, ma il signor Efisio è molto sensibile.

– Anche Luciano è sensibile.

– Sí, ma Efisio di piú...

Luciano si inclinò e sussurrò al nano: – Non mi ero accorto che tu fossi cosí sensibile, signor Efisio!

– Se è per questo neanche io, uomo. E comunque chiamami nano.

– E secondo te che sei cosí sensibile, è il caso di domandare ai bambini qual è il problema?

– Non so, Maddalena potrebbe turbarsi. È una bambina molto sensibile.

– Anche Pietro è sensibile.

– Sí, ma Maddalena di piú.

Luciano si innervosí e alzò la voce.

– Ma a far la gara di sensibilità si può andare avanti fino a Ullapoool!

Alla parola Ullapoool, i ragazzi si voltarono. Maddalena li guardò spersa, poi riscoppiò in lacrime. Anche Pietro era triste. Luciano ed Efisio non sapevano darsi una spiegazione. Il ragazzo prese la parola.

– Vogliamo tornare a casa.

Il nano ci rimase male, ma cercò di mostrarsi comprensivo: – È giusto, d'accordo. Però prima ce ne andiamo un paio di giorni a Ullapoool, ragazzi. Okay?

Pietro spostò il suo sguardo su Efisio.

– No, nano, noi a Ullapoool non veniamo.

Luciano ed Efisio erano rimasti senza parole. Non se l'aspettavano proprio. Sei ore di tempo Zero$^+$ durano sei mesi. Ognuno dei due aveva immaginato in cuor suo la visita al villaggio. E poi senza gita al quartier generale che razza di Premio mondiale notte di Natale sarebbe stato? Pietro li osservava con tenerezza.

– Maddalena ha voglia della mamma. E anch'io, a dire la verità. Poi torna anche il papà dall'Inghilterra...

Efisio era proprio disperato, non si rassegnava.

– Ma perché prima non venite a Ullapoool? Solo una scappatina. Non avete voglia di conoscere Babbo Natale? Non siete curiosi di vedere dove vive?

Pietro rise alzando le spalle.

– Babbo Natale non esiste, Efisio!

Alla battuta le labbra di Mad si inarcarono, contraddicendo le lacrime sugli occhi. Ma il nano ormai si era infervorato e, soprattutto, si stava offendendo.

– Davvero non vi importa nulla di sapere come funziona il Natale? Non riesco a credere che non abbiate voglia di conoscere lo gnomo orologiaio, gli elfi, i giganti Jukka e Pukka, i folletti e i nani operai... il mio amico, il grande Popi Wolinski! Davvero non vi va di vedere il Grande Abete con gli animaletti addobbatori? E poi vi devo avvisare, mi dispiace, ma non mangerete nemmeno la torta ai mirtilli della signorina Katerineen!

Mad si voltò verso il fratello.

– Te l'avevo detto che è molto sensibile.

Luciano strinse a sé il nano, che nel frattempo era scoppiato a piangere, e intanto lanciò a P e Mad uno sguardo pieno di dolcezza.

– Ci dispiace tanto, ragazzi, perché è molto dura per noi salutarvi. Siete stati i migliori compagni di avventura che un vecchio uguagliatore strambo come me e un nano picchiatore sensibile come lui potessero incontrare...

Pietro arrossí, imbarazzato dal complimento.

– Voi siete okay... Dispiace anche a noi.

Il nano picchiatore si asciugò una lacrima con il pollice, cercando di recuperare un contegno e un tono dignitoso.

– Davvero non volete fare ancora un pezzettino di strada insieme a noi?

Mad provò a consolarlo.

– Non se la prenda, signor Efisio. Io le voglio bene, ma la mia mamma è la mia mamma.

– Ma ne abbiamo passate cosí tante insieme, noi quattro!

Luciano approvò divertito.

– È vero. Stanotte abbiamo fatto proprio un bel casino. Mio fratello sarà parecchio arrabbiato. Mi sa che a

Ullapoool ci accoglieranno con i forconi. Ci siamo persi anche la slitta. Forse fate bene a non farvi vedere... Ora affrettiamoci, però. È quasi l'alba e presto il tempo ritornerà Ordinario, ma questa volta fino al prossimo Natale.

La foschia aumentava. A malapena si riusciva a distinguere la costa. Le luci erano soffocate dalle nuvole e il freddo tagliava la pelle. Scesero di quota e galopparono nella nebbia fino alla laguna. Sapevano di essere giunti alla fine del viaggio, e quindi parlarono in fretta, chiacchierando come non avevano mai fatto prima, tanto e velocissimo, cercando di infilzare con le parole, quasi fossero farfalle, tutti i momenti memorabili di quell'incredibile nottata: i delfini rosa dell'Amazzonia, le anatre di Central Park, i sette cognomi di Tristan da Cunha, il Nilo illuminato come un fiore e la spaventosa oscurità dell'*outback* australiano, le fabbriche cinesi aggrovigliate l'una sull'altra, e il Sundarbans, la piú grande foresta di mangrovie del mondo, i vicoli di Kabul, i viali di Ashgabat e lo zoo di Karaganda; i bambini intoccabili dei bassifondi di Delhi, i senzatetto nella metropolitana di New York e i figli dei cacciatori con le aquile del deserto del Gobi; le stelle cadenti in Amazzonia, il gran gol in tuffo di testa di Maddalena al Santiago Bernabéu, e il Dom Pérignon Rosé Vintage 2002 al *Café de Flore*. Risero immaginando la regina che cercava di riconoscere i suoi cagnetti con i collari scambiati e tremarono ripensando all'attacco delle valchirie[11]. Parlando di

[11] Ah, giusto! Le valchirie! Dopo averle legate ben bene, i nani da giardino le avevano caricate su un furgone e rinchiuse nella voliera di un castello in Cornovaglia dove abitava un rarissimo gigante da giardino appassionato di Richard Wagner, il musicista celebre per aver scritto *L'anello del Nibelungo*, il ciclo operistico in cui le valchirie, per l'appunto, compaiono. Quanto ai lupi, si erano trasformati in cavalli appena le cose si erano messe male. La polizia li ritrovò l'indomani in St James' Park, sulle sponde del lago a forma di chiave inglese e, non sapendo da dove venissero quegli strani destrieri, li condusse nelle scuderie della regina, dove vivono ancora oggi in incognito. La slitta, invece, è parcheggiata davanti a Buckingham Palace, dove milioni di turisti, decine di migliaia di londinesi, centinaia di guardie della Corona, e perfino la regina in persona la credono un'attrazione concepita dal sindaco per abbellire la piazza.

Londra, gli occhi di Pietro e Mad si incontrarono: chissà se il loro fratellino dormiva ancora o si era messo a piangere e aveva svegliato il papà.

Le renne virarono verso ovest. Il Lido apparve come una striscia di luce nel latte. Cavalcando a una decina di metri sopra la superficie della laguna, si lasciarono alle spalle San Lazzaro degli Armeni, il campanile di San Giorgio e il biancore della Salute. Altro che FunFantasyland, era Venezia, la loro città, il posto piú sbalorditivo del mondo. Luciano fece un cenno con il mento a Efisio.

– Ti rendi conto, nano?

– Mi rendo conto, uomo.

– È uno spettacolo spettacoloso.

– Se c'è un posto assurdo nel mondo, di sicuro qualcuno ci ha costruito una città. Gli uomini vanno pazzi per le imprese impossibili.

Mad fece un sorrisetto ironico.

– Impossibili come portare a ogni bambino lo stesso numero di regali?

Il nano scoppiò a ridere. Mad continuò: – Ci ho pensato, sa, signor Luciano? Un modo per rendere tutti uguali ci sarebbe: basterebbe vietare ai ricchi di sposarsi tra loro. Tempo cent'anni e le differenze non esisterebbero piú.

– Ma sei matta? Come fai a vietare a due persone di innamorarsi?

Al nano Efisio, che era un ragazzo romantico, l'idea di Mad non piaceva per niente. Luciano, invece, si mostrò interessato. Voleva approfondire. Mad spiegò: – Innamorarsi possono. Non possono unire le loro ricchezze. Dovrebbero scegliere quale patrimonio tenere e quale regalare.

La bambina era già oltre: – Però, signor Luciano, a me sembra che anche voi uguagliatori, come quelli che vogliono soltanto essere ricchi sfondati per farsi belli con gli altri, diate troppa importanza alle cose. Mia mamma non è una cosa e neanche gli amici del bambino di FunFantasyland sono cose, perché le cose importanti non sono mai cose.

Luciano stava per replicare, ma Pietro lo anticipò.

– Non sono importanti soltanto se le cose necessarie ce le hai, Mad. Altrimenti sono importantissime.

– D'accordo, Pietro, ma se tu hai due figli diversi e gli fai due regali uguali, sei scemo. Se a me il papà mi regala le iControl Effect Shock, le uso per dargli un calcio nel sedere. E se regala l'iPat a te, ci rimani male. Per trattare tutti in modo giusto e non fare differenze, bisognerebbe trovare il regalo adatto per ognuno.

– È vero, ma se a un figlio non regali nulla e all'altro fai due regali, non sei un cretino, sei un fetente. Per me è giusto che tra i bambini non ci siano differenze. Non solo a Natale. Però per me si dovrebbero studiare meglio i regali di Natale adatti per ognuno.

Erano cosí assorti che non si accorsero di quanto le renne, ormai, si fossero avvicinate ai tetti. Era ancora buio e la nebbia impediva di vedere palazzi, calli e canali, ma quando toccarono terra, riconobbero immediatamente l'altana di Rio Tera' dei assassini. Erano a casa. Smontarono in un silenzio irreale. Luciano si sgranchí le gambe, il nano si grattò la testa, Pietro si tolse il cappello, Maddalena incrociò le braccia per ripararsi dal freddo. Fissavano tutti e quattro il pavimento senza parlare, tanto grande era la loro malinconia. Poi Mad ebbe un sussulto d'emozione e saltò in braccio al nano, che la strinse forte. Piangevano entrambi. Anche Pietro e Luciano si abbracciarono. Non dissero niente. Non ne avevano bisogno. Mad si staccò da Efisio e si arrampicò sul collo di Luciano, mentre Efisio stritolava la mano a Pietro per dimostrargli che lo riteneva già un uomo. La finestra sul loro terrazzo era ancora aperta, esattamente come le valchirie l'avevano lasciata. La stanza sarebbe stata gelata. Si girarono verso le renne, che erano rimaste in disparte, e le salutarono una per una, abbracciandole e accarezzando loro la groppa, la criniera e il muso. Ilda, la quarta, disse: – Buona fortuna, ragazzi –. Elda, la terza: – Buonanotte, ragazzi –. Elga, quella di Mad, sussurrò: – Buon Natale, ragazzi –. Soltanto Olga, la prima, la piú vecchia e saggia, preferí stare zitta, perché di ciò di cui non si può parlare è meglio tacere.

Mad afferrò una mano a Luciano.

– L'ho capito, sai, che il Libro Magico non me l'avete mica portato. Babbo Natale esiste, ma ha dei limiti. Tutti ne abbiamo. Nessuno è onnipotente.

– Nessuno, Mad.

– Ci rivediamo l'anno prossimo?

– Chissà... Può essere...

– Io e Pietro saremo muti come pesci, non spiffereremo niente. Ma domani ci ricorderemo qualche cosa o avremo dimenticato tutto?

– Chissà...

Nessuno avrebbe potuto dire che cosa sarebbe successo in futuro. Quello era il momento dell'addio. Anche Luciano si commosse e, per non farsi vedere, si voltò tirando Efisio con sé. Quando montarono sulle renne, Pietro sfiorò la spalla della sorella.

– È ora di rientrare, Mad.

Capitolo 40

– Sei pronto, Flynch?

Niklas Kristmas saltellava nella radura sollevando i pugni davanti al viso. Panicus Flynch lo osservava con sufficienza, poi si mise in guardia.

– Sono nato pronto, vecchio ciccione.

Lo stile pugilistico di Kristmas era parecchio antiquato. Pareva un *boxeur* del cinema muto. Salticchiava alzando troppo le ginocchia, con il busto rigido e le braccia mulinanti nell'aria, come un vecchio canguro sovrappeso. Panicus Flynch, invece, rimase quasi immobile. Abbassò la testa per proteggerla con gli avambracci, e incominciò a spostare il peso da un piede all'altro, roteando il busto a destra e sinistra per studiare l'avversario, come un cobra pronto a colpire. Nessuno avrebbe mai scommesso una cicca sulla vittoria del vecchio grassone vestito di rosso. I sessantaquattro denti del miliardario brillarono minacciosi.

– Di' le tue preghiere, Kristmas. Tra poco sarai morto.

Panicus Flynch scartò improvvisamente di lato e sferrò un gancio al mento del suo avversario, che però, contro ogni previsione, indietreggiò mandandolo a vuoto e sbilanciando Flynch. Subito dopo, in un lampo, Kristmas ritornò in posizione e gli assestò un cazzotto devastante sul naso. Flynch barcollò confuso, arretrando.

– Zitto, Flynch. Tra poco il tuo impero si dissolverà come neve d'estate. Adesso ti sbriciolo.

Il miliardario era rintronato, ma non lo diede a vedere. Per battere Kristmas gli sarebbe bastato toccarlo. Era questo il suo vantaggio segreto. Ma il vecchio Kristmas incalzava, un ballerino grasso e iperattivo che danzava mollando cazzotti a destra e a manca a un miliardario snello sempre piú fermo sulle gambe e ammaccato.

– Come ti senti, Flynch? Ne hai prese abbastanza?

E giú un altro sberlone, sulla guancia, sull'occhio, sulla bocca. Flynch si guardava intorno con gli occhi pesti senza piú capire da dove piovessero tutte quelle botte. Per indirizzare meglio i suoi pugni, Kristmas mirava all'assurdo neo peloso mobile dell'avversario. Il labbro di Panicus sanguinava, il suo volto era una maschera rossa, eppure stringeva ancora i pugni, tentando di conservare l'energia residua perché da qualche parte, in fondo alla confusione che aveva in testa, continuava a sapere che le battaglie si vincono soltanto alla fine. Nik Kristmas gli andò sotto di nuovo, finse di tirare col sinistro e Flynch spostò la guardia per ripararsi, ma Kristmas fece partire un destro devastante dall'altro lato, una specie di missile di muscoli, che si schiantò dritto sul naso del miliardario buttandolo a terra. La neve era rossa di sangue. Tutto si spense per Flynch. Nella sua testa la realtà incominciò a girare, sapeva soltanto di doversi rialzare, che non poteva darla vinta al ciccione e che per vincere una volta per tutte gli sarebbe bastato un colpo, un colpo solo, una piccola distrazione, un momento di compassione, una sciocchezza dell'altro; trascinò le gambe sulla neve, sembravano di pietra, e con uno sforzo immane riuscí a mettersi in ginocchio. Attraverso le palpebre ormai quasi chiuse, tanto erano gonfie, distinse la sagoma di Babbo Natale. Aveva smesso di saltare e gli si ergeva davanti, tenendo le braccia lungo il corpo.

– Allora, Flynch? Ne vuoi ancora?

Il miliardario si rimise in piedi. Gli girava la testa. Tante botte cosí non le aveva mai prese, neppure da piccolo, da suo padre Athanasius. Il vecchio gli stava di fronte, immenso, con i braccioni nudi e la pancia in fuori. Visto cosí da vicino, pareva un gigante.

– Allora, Flynch, cos'hai deciso? Ti arrendi?

Flynch socchiuse l'occhio sinistro, l'unico che riuscisse ancora ad aprire.

– A una condizione, Niklas. Voglio colpirti.

– Che cos'è che vorresti fare?

– Voglio colpirti almeno una volta, amico. Fatti dare un pugno, ti prego, o almeno una sberla, uno schiaffetto, qualcosina. Non posso perdere tutto senza nemmeno averti toccato. È una questione di onore.

Kristmas era stupefatto, non sapeva che pensare. Ma gli saliva da ridere. Possibile che quel riccone sfondato facesse qualcosa per onore e non per denaro? E poi: come poteva essere un onore supplicarlo a quel modo? Lo squadrò dall'alto in basso, provando quasi compassione. Nonostante i suoi soldi, era diventato vecchio anche lui.

– Mi prendi in giro, Flynch? Tu non hai mai fatto nulla per onore.

Flynch rispose a fatica. Gli faceva male la lingua per i cazzotti che aveva incassato.

– C'è sempre una prima volta, Kristmas. Me l'hai insegnato tu che nella vita ci sono cose piú importanti dei soldi. Quando hai rifiutato la mia proposta, che tu ci creda o no, io ti ho ammirato...

Kristmas sorrise. Era sempre stato piuttosto vanitoso.

– Non dire cosí, Flynch. Era un accordo inaccettabile. Chiunque avrebbe rifiutato. Gli sponsor e quella follia delle armi giocattolo... Come potevi pensare che avrei accettato?

La bocca di Flynch fece una smorfia. Sembrava rimorso.

– Non so, Nik, non lo so proprio... So solo che prima di essere sconfitto ho bisogno di un pochino di onore anch'io.

Kristmas inarcò le sopracciglia. In fondo cosa aveva da perdere? Nella peggiore delle ipotesi avrebbe avuto un occhio nero. Protese la testa di lato e porse la guancia al nemico.

– Avanti, Flynch. Colpiscimi e finiamola con questa buffonata.

Panicus Flynch sorrise, ma solo dentro di sé. Allargò le gambe per piantarsi meglio sul terreno e caricò il colpo, benché il braccio gli tremasse, malridotto com'era. Il pugno viaggiò al rallentatore, fiacco, sfiorando appena la guancia dell'altro. Kristmas, per un istante, lo fissò sorpreso, forse perfino divertito, poi si irrigidí come se fosse stato investito da un fulmine, e incominciò a barcollare, gli occhi fuori dalle orbite, le gambe molli e la testa piena di nebbia. Stramazzò a terra con la faccia in avanti, producendo lo schianto di un albero abbattuto.

– Avete sentito? Veniva da là!

Flynch si bloccò. Era una donna. Aveva riconosciuto la voce di Katerineen Høgli. Era al di là degli alberi. E non era sola.

– Che cos'è stato, nano? Hai sentito anche tu? Correte piú veloci, renne!

Flynch girò la testa nella direzione opposta. Altre voci, maschili. Qualcuno stava arrivando anche dalla parte opposta. Non c'era un minuto da perdere. Doveva scappare. Per sua fortuna, l'elicottero era vicino. Si trascinò tra gli alberi con gli occhi quasi chiusi, l'aria ghiacciata gli bruciava la gola, e voltandosi fece in tempo a vedere le renne che entravano al galoppo nella radura, prima di sparire a sua volta nel folto del bosco.

Luciano Kristmas ed Efisio Fois si precipitarono a soccorrere Niklas. Era vivo. Respirava. Sembrava soltanto svenuto. Udirono dei passi alle loro spalle. Era Katerineen, che arrivava trafelata. Si buttò su Nik, accarezzandogli la faccia e riempiendolo di baci sulla barba innevata. Il vecchio tossí e aprí gli occhi.

– Non è niente, Kate... Sto bene... E tu come stai, tesoro?

Babbo Natale si guardò intorno. Riconobbe anche suo fratello e il nano.

– Luciano! Efisio! Ci siete anche voi... Ciao!

In pochi istanti la radura si riempí. Sopraggiunsero Wolinski e il dottor Kallio. Comparvero Akel O'Neill, Attÿlius M'Bida, Galina Supernova e Vanna Van de Kerkoff, ancora vestita da cuoca. Arrivarono nani operai, impacchettatori ed elettricisti. Ullapoool era di nuovo riunita. Luciano e Katerineen aiutarono Niklas Kristmas a rimettersi in piedi.

– Non so proprio cosa mi sia successo, ragazzi. Appena mi ha sfiorato, ho sentito una scarica elettrica. Dopo è diventato tutto bianco e sono andato giú...

Si chinò per scuotere con le mani la neve dai calzoni, quando sopra le loro teste si sentí un rombo. Era l'elicotterino di Panicus Flynch, il piú piccolo del mondo, in fuga verso l'elicotterone di Panicus Flynch, il piú grande del mondo, che lo attendeva in volo qualche chilometro a est. Il miliardario, imbracato a un seggiolino appeso direttamente alle pale, manovrava il manubrio con una mano sola. Nel palmo dell'altra stringeva ancora una pallina di ferro, la famigerata biglia K.O. grazie a cui era sfuggito a Babbo Natale.

Capitolo 41

A Ullapoool volava una mosca, ma appena si accorse che c'erano venti gradi sotto zero ritornò di corsa al calduccio nella tasca del nano dove si era infilata quattro ore prima, nella foresta amazzonica. Era l'alba, ma il cielo a rischiararsi non ci pensava nemmeno, poiché alla Vigilia di Natale a Ullapoool il sole non sorge. L'inverno del Nord è una lunga notte gelata. Ci pensava la neve a rischiarare un po' il mondo.

Ritornavano al villaggio in fila indiana. Erano state ore pesanti e la stanchezza si faceva sentire. Per primo veniva Niklas Kristmas, sottobraccio a Katerineen a destra e a suo fratello Luciano a sinistra. Seguivano Efisio Fois, Popi Wolinski, il dottor Kallio e tutti gli altri. Gli animali addobbatori chiudevano la parata. Al limitare del bosco, il fratello maggiore ebbe una specie di mancamento e si aggrappò al piú giovane, che lo guardò preoccupato.

– Ti senti bene, Nik?

– Mi gira un po' la testa. Ma non è niente, non mi ha quasi colpito…

Gli occhi di Katerineen si illuminarono, poi il suo viso si contrasse in un'espressione di disgusto.

– Ha usato la biglia K.O., l'arma giocattolo che fa svenire, quella che voleva vendere ai bambini.

Il vecchio scosse il testone indignato.

– Per questo mi ha implorato di farmi colpire. Altro che onore.

Anche Luciano era schifato.

– Mi stai dicendo che quel lurido verme di Flynch voleva vendere a dei bambini biglie che fanno svenire?

Katerineen annuí con aria grave.

– Sí, è quello che ha in mente.

Efisio si intromise da dietro.

– Pensa come si sarebbe infuriata Mad, Luciano...

– E pensa quanto si sarebbe infuriato P, nano.

– Chi è Mad? – chiese Niklas.

– Chi è P? – chiese Kat.

Luciano esitò, poi parlò come se la risposta fosse ovvia.

– Pietro e Maddalena, i bambini che ci hanno aiutato a portare i regali.

Niklas lanciò un'occhiata incredula a Kat, che allargò le braccia per fargli capire che non ne sapeva niente, quindi Nik tornò al fratello.

– Vuoi dire che c'erano anche due bambini con voi?

Luciano alzò le spalle con aria colpevole, ma da dietro Efisio intervenne di nuovo.

– Il signor Luciano li ha toccati per salvarli dalle valchirie, dottor Kristmas. Altrimenti li avrebbero divorati.

Niklas e Katerineen ormai parevano rassegnati.

– E adesso dove sarebbero? – domandò Kat.

– A dormire a casa loro, – si affrettò a rispondere Efisio.

Nik fissò il fratello con severità, dopodiché incominciò a ridacchiare tra sé e sé. Gli altri tre, pur non capendo, si sentirono sollevati. La risata cresceva contagiosa e rimbombava tanto da scrollare la neve dai rami dei pini. Il vecchio, senza smettere di ridere, spiegò: – Rido perché mi è venuto in mente che quel porco di Flynch prima o poi dovrà pure espellerlo, l'ussaro di piombo.

Luciano volle sapere ogni dettaglio, e quando Niklas ebbe finito il racconto, ricominciarono a sghignazzare pensando a Panicus Flynch seduto sul water con il soldatino nella pancia. D'un tratto Nik si fece serio di nuovo, ma nella sua voce non c'era rimprovero.

– Certo che hai combinato un bel casino, Luciano...

– Un po' mi conosci, Nik. Come puoi pretendere che io consegni centotrentacinque regali alla contessina Sigisberta von Miliarden und Rikkonen detta Fofí e soltanto due a Moosh, la figlia della sua bambinaia?

– Ma io che cosa posso farci se la mamma di Fofí ordina centotrentasette regali?

Luciano non ebbe esitazioni.

– Per ogni bambino che ha avuto di piú ce ne sono almeno cinque che hanno avuto di meno.

– Sí, Luciano, ma il tuo compito non era questo!

– Noi non siamo postini, Niklas. Noi portiamo regali.

– Che differenza c'è?

– Che i regali sono una cosa seria, Nik. Sono il cuore del Natale, possono rendere felice un bambino, farlo crescere oppure deluderlo per sempre, possono cambiargli la vita in meglio o in peggio, possono tirare fuori i suoi talenti o inchiodarlo per sempre alle sue insicurezze. Per questo non vanno sprecati.

– Sí, ma noi che cosa ci possiamo fare?

– Dobbiamo sceglierli meglio, Nik. È l'unico modo.

– Non è mica facile scegliere i regali giusti! Ci sono due miliardi di bambini nel mondo...

–Siamo appena stati a visitarli tutti, Nik, uno per uno, io e il signor Efisio Fois.

Il nano picchiatore approvò e Niklas, voltandosi, si accorse che anche Popi Wolinski dava ragione a Luciano. Cercò con gli occhi Katerineen, che distolse lo sguardo. Anche lei era d'accordo con suo fratello.

– Lo so anch'io, Luciano, che bisogna cambiare, che non si può lasciare tutto in mano ai genitori. Però non si può pensare di distribuire i regali a casaccio. Ci vuole un metodo. Una regola.

Stavano attraversando il quartiere operaio e la discussione si faceva sempre piú appassionata. A Luciano venne da ridere.

– Su questo hai ragione.

Poi si voltò verso Efisio.

– Nano, quanti regali abbiamo portato in tutto?

Il nano fu prontissimo.

– 17 miliardi 627 milioni 462 mila 876 pacchetti. In pratica, una media di 9,7 regali a bambino.

Nik fissò suo fratello, che abbassò il mento per dire che aveva capito.

– In effetti sono troppi. Soprattutto perché la maggior parte dei bambini ne ha avuti molti meno.

– Forse, Nik, si potrebbe limitare la lista.

– Forse ho un'idea... Ogni bambino potrà chiedere al massimo tre regali, cosí dovrà pensare bene ai suoi desideri. Due li chiede ai genitori e noi scegliamo l'ultimo, la sorpresa.

– E i regali dei nonni e degli altri parenti?

– Non possiamo vietarli, ma non saremo noi a consegnarli.

– La cosa difficile è la sorpresa, perché è quello il vero regalo, ma è difficile scegliere quello giusto per tutti.

– Ci vorrebbe una rete di osservatori, dei collaboratori...

Alle loro spalle risuonò il vocione di Popi Wolinski.

– Dottor Kristmas, le ricordo che ci sarebbero i nani da giardino. Come sa, sono dislocati in tutto il mondo e inoltre, essendo operai in pensione, sono affidabili, leali e dispongono di tanto tempo libero.

Katerineen si entusiasmò.

– Ha ragione, Niklas. Popi ha avuto una bellissima idea.

Niklas sembrava dubbioso.

– Non so, Katerineen. Bisognerebbe creare una struttura apposita, e nominare un supervisore, ma dopo quello che hanno fatto Sparv e gli altri, ho capito che con i manager bisogna andarci cauti...

Luciano lo interruppe.

– Ci vorrebbe una persona sensibile, onesta e infaticabile. Qualcuno, soprattutto, che sappia stare con i bambini e capire i loro bisogni.

Niklas alzò un sopracciglio.

– Hai detto niente!

Luciano si schiarí la voce.

– Ehm ehm...

– Hai in mente qualcuno?

– Be', un'idea ce l'avrei.

– E questo tizio accetterebbe?

– Credo di sí. Ma puoi domandarglielo tu stesso, se vuoi. È proprio dietro di te. Si chiama Efisio Fois.

Il nano picchiatore non se l'aspettava: diventò rosso come un peperone, non sapeva se per la vergogna o la felicità. Anche Katerineen, Popi Wolinski e il dottor Kallio stavano studiando la sua reazione. Non rispose subito: aveva paura che la voce gli sarebbe uscita acuta, strozzata dall'emozione. Il vecchio lo scrutava serissimo.

– Allora, signor Fois, che ne dice? Accetta?

Niklas Kristmas, Babbo Natale in persona, stava chiedendo a lui, Efisio Fois, nano picchiatore, di assumersi la responsabilità di scegliere la sorpresa per ogni bambino del mondo. Lanciò uno sguardo a Luciano, che lo incoraggiava con gli occhi.

– Certo che accetto, dottor Kristmas. Ma a una condizione... Anzi due... due consulenti.

– E chi sarebbero?

Il vecchio Kristmas era curioso. Efisio si impettí.

– Si chiamano Pietro e Maddalena, P e Mad per gli amici. Hanno dodici e nove anni. Sono bravi e intelligenti. Ma bisogna vedere se ci stanno…

Anche Luciano rise. Erano ormai giunti nel piazzale di Ullapoool. Gli animali addobbatori in fondo alla fila si arrampicarono sull'abete da cui erano discesi per aiutare Babbo Natale e si rimisero a dormire. Il dottor Kallio strinse le mani a tutti, uno per uno, e annunciò che andava a casa.

– Sono un po' stanco ora, Nik.

Niklas Kristmas rugliò come un orso, e lo abbracciò.

– Togliti dai piedi, Kyösti, vecchio cialtrone.

Si congedarono, scambiandosi strette di mano, sorrisi e pacche sulla spalla. Anche Popi Wolinski, Akel, Attÿlius e Galina si allontanavano. L'eccitazione lasciava spazio alla stanchezza. Ognuno prese la via del letto. Soltanto Vanna Van de Kerkoff esitava. Era troppo curiosa di sapere come andava a finire, ma dopo essere rimasta per un po' impalata, si allontanò anche lei in direzione delle cucine.

Niklas, tenendo per mano Kat, si avviò verso casa. I loro passi si disegnavano nella neve. Luciano ed Efisio li seguirono mentre si allontanavano. Poi l'uomo posò una mano sulla spalla del nano.

– Allora, nano, che ne dici?

– Che mi toccherà ospitarti visto che nessuno ha pensato a dove farti dormire. E comunque, chiamami Efisio!

Epilogo

Il signor Perparim Litmanen, gnomo orologiaio da tre generazioni, si guardava allo specchio lavandosi i denti. Indossava il pigiama e una vestaglia di flanella a righe rosa e marroni. Sputò il dentifricio nel lavandino, si chinò a bere un po' d'acqua e incominciò i suoi laboriosissimi gargarismi. Quando ebbe finito, si calcò il berretto da notte in testa e si diresse con calma verso il letto. Era rilassato, per la prima volta da ore. Gettò un'occhiata alla catenina: scorreva alla perfezione, la velocità calibrata al tempo Ordinario. Astrid aveva fatto un lavoro perfetto. Contemplò gli ingranaggi che pendevano dal soffitto, occupando metà stanza. Com'erano belli! Voleva bene al Grande Orologio e a ogni sua parte. Voleva bene al suo lavoro. Passò in rassegna le rotelline, i nottolini, i cricchi e il tourbillon, e il cuore gli si riempí di commozione.

Si avvicinò alla finestra. Erano quasi le sei del mattino ormai, ma il buio avvolgeva ancora la Terra come una carta da regalo blu decorata da qualche timida stella. Il sole non sarebbe sorto per altre due settimane. Solo allora sarebbero cominciati i preparativi per l'anno successivo. Tutti erano andati a dormire, finalmente. Ullapoool era avvolta nel sonno. La piú emozionante notte di Natale della Storia era terminata per sempre. Uniti avevano superato una prova difficilissima, e uniti avrebbero affrontato il futuro.

Compí una giravolta su sé stesso, quasi un passo di danza, e si diresse verso il letto, fermandosi un istante al suo tavolo per contemplare i resti sparsi della notte appena trascorsa: il giradadi, il cricchetto sostituito, il suo accendino, la candela ormai quasi sciolta che lanciava gli ultimi bagliori. Anche il cruciverba era dove l'aveva lasciato. Lesse di nuovo l'undici orizzontale: «Mezzo minuto... illuminante». Gli venne in mente che «mezzo» poteva anche voler dire «strumento», «soluzione», e che «minuto» significava anche «piccolo». C'erano due lettere... *a* e *i*... Si spremette il cervello e, d'un tratto, il cuore gli si incendiò: ASTRID! Scoppiò a ridere. ASTRID, come aveva fatto a non pensarci? Ovviamente Astrid nelle caselle non ci stava. Aprí il cassetto e infilò una mano all'interno. Con le dita toccò la fiaschetta di *schnapps*. Se ne sarebbe fatto volentieri un sorso, giusto per dormire meglio, ma si bloccò un attimo prima che le sue labbra la toccassero. Le due fotografie incorniciate che teneva sul tavolo lo stavano fissando. La prima ritraeva uno gnomo senza barba con gli occhi piccoli e precisi. Nella seconda c'era un altro gnomo, con la barba nera e lo sguardo gentile. Erano suo nonno Perpahr e suo padre Perpehr, le due persone che gli avevano insegnato il mestiere, tutti i segreti per addomesticare il tempo. Il signor Perparim Litmanen, gnomo orologiaio da tre generazioni, respirò a fondo per soffiare fuori l'ansia accumulata nelle ore precedenti, dopodiché la stanchezza si sciolse in una specie di sorriso, e incominciò a parlare da solo.

– Caro nonno e caro papà, oggi ho incontrato una bambina, si chiama Astrid Gudmundsdóttir, ha sette anni, è una nana delle Fær Øer, la stirpe piú piccola del mondo. Dovreste vedere le sue mani quanto sono minuscole! Ma si muovono sugli ingranaggi con una sicurezza e lievità miracolose. Pensate che ha riagganciato due volte, al primo colpo, la catenina del conoide. Ci credete? Possiede un talento smisurato. Vorrei insegnarle tutto quello che voi mi avete insegnato. Domani pregherò i suoi genitori (sono impacchettatori) di mandarmela qui ogni pomeriggio dopo la scuola. È lei la quarta generazione di orologiai. È lei il regalo che stavo aspettando. Buon Natale.

Il signor Perparim Litmanen ripose la fiaschetta nel cassetto e controllò l'ora. Mancavano soltanto sette minuti. Alle sei in punto avrebbe ripristinato il tempo Ordinario ovunque. Poi avrebbe abbassato la leva azzeratrice differenziando i fusi orari e separando le notti dai giorni. A quel punto, finalmente, sarebbe andato a dormire. Nell'attesa, però, si mise a giocherellare con il suo accendino rosso[12].

[12] Undici orizzontale: «Mezzo minuto... illuminante».

– Sei sveglio?
– No!
– Dormi?
– Sí!
– Ma se dormi come fai a parlare?

Era la notte, anzi la mattina del 25 dicembre, e la luce dei lampioni continuava a fare disegni sul soffitto. Pietro e Maddalena si erano messi il pigiama, avevano baciato la mamma e si erano perfino lavati i denti, ma la bambina era ancora troppo eccitata per rilassarsi. Pietro interruppe le sue domande.

– Infatti, adesso sto zitto, Mad, e taci anche tu. Tra un minuto sono le sei.

– Okay, ma secondo te Babbo Natale e Luciano si assomigliano?

– Babbo Natale non esiste, Mad!
– Scemo!

Pietro sperò che fosse quella l'ultima parola, invece Mad ricominciò.

– Secondo te a Ullapoool si arrabbieranno tanto?
– Non ne ho idea, Mad. Forse gli daranno un premio.
– E forse avranno bisogno di due aiutanti l'anno prossimo.
– Dormiamo, adesso, Mad. Tra poco la mamma si sveglia, nel pomeriggio arriva il papà.

– P, tu sei contento delle tue iControl Effect Shock Iridium?

– Erano meglio Gold. Non c'è partita. Però almeno si è impegnato. E tu dell'iPat?

– Non lo so neanch'io... Però almeno si è impegnato.

Chiuse la bocca. Per dieci secondi. Un record. Intanto scoppiò a ridere tra sé. A Pietro non aveva detto nulla per non rovinargli la sorpresa, ma appena fuori dalla finestra c'era un sacco e dentro il sacco c'era un paio di iControl Effect Schock Gold nuove fiammanti. Lei ed Efisio le avevano prelevate nella fabbrica cinese per precauzione, non si sa mai, e senza dirlo a nessuno. In cambio il nano si era tenuto le Iridium perché l'idea di andarsene a zonzo per Ullapoool con un arcobaleno ai piedi lo faceva impazzire. Era stato un piccolo furto, d'accordo, ma non se ne sarebbe accorto nessuno e non era giusto che gli unici due bambini al mondo senza regali fossero loro due. Nel sacco c'era anche altro. Efisio aveva tanto insistito che alla fine si era fatta convincere ad accettare l'ultimissimo SuperPhone Eternity Prepagatus rimasto nel bagagliaio della slitta (il penultimo lo avevano dato a Manolis), così avrebbe potuto telefonargli a Ullapoool tutte le volte che lo avesse voluto. Mad, però, aveva posto una condizione: che il suo iPat andasse a Luciano, data la sua passione per la cucina. E poi c'era Babbo, poverino! Aveva portato regali a miliardi di persone, ma mai a nessuno era venuto in mente di fare un regalo a lui. Era stato con questo pensiero in testa che a FunFantasyland Mad aveva sfilato di nascosto dai piedi di Mangiafuoco i suoi magnifici calzettoni rossi. Sorrise soddisfatta di sé, ma si accorse che suo fratello aveva rallentato il respiro. Doveva sbrigarsi a dire qualcosa, altrimenti si sarebbe addormentato.

– P, secondo te il papà oggi ci dice del fratellino?

– Non lo so, Mad, ma prima o poi dovrà farlo... – bofonchiò suo fratello.

– La mamma lo sa, per te?
– Credo di sí, per quello era nervosa.
– P, sei contento che hai un fratello maschio?
– Sí, perché tu fai giochi da femmina. E tu sei contenta di avere due fratelli?
– Ho paura che cambierà tutto, P.
– E allora, Mad? Anche se dovesse cambiare, noi due ce la faremo sempre. Abbiamo battuto le valchirie! E anche il papà e la mamma ce la faranno, perché sono i genitori dei due bambini che hanno battuto le valchirie.
– E il piccolo mostriciattolo?
– Figurati, lui ha due fratelli che hanno battuto le valchirie!
Mad sorrise e dal sorriso un'onda le salí fino alle palpebre, al collo, alle spalle, diffondendo sonno in tutto il suo corpo. La voce le uscí ovattata.
– Pietro…
– Sí…
Anche Pietro si stava addormentando.
– Mi è venuto in mente che Luciano ed Efisio non ci hanno lasciato niente. Siamo gli unici bambini al mondo di cui si sono dimenticati. Non abbiamo neanche scelto il nostro regalo.
– Quale regalo?
– Quello del Premio mondiale notte di Natale.
– Fa niente, Mad.
– Fa niente anche per me, P.
– Buonanotte, sorellina.
– Buonanotte, fratellone.

– Buon Natale, ragazzi.
Olga, la prima renna, sentí un profumo familiare nell'aria, e lanciò un'occhiata a Elga al suo fianco. Le due

renne avevano deciso di fermarsi a Venezia. Sarebbero state il regalo di Natale di Pietro e Maddalena. L'altana era grande, isolata, praticamente invisibile. Nessuno le avrebbe disturbate. L'idea era venuta a Efisio, ma Luciano l'aveva subito approvata. Ci sono bambini che ricevono un computer e bambini che ricevono un trenino, bambini che sotto l'albero trovano le iControl modello Iridium e bambine cui regalano l'iPat anche se non l'avevano chiesto, c'è qualcuno che riceve un cane o un gatto o un cavallo. P e Mad, al loro risveglio, avrebbero trovato due renne magiche con cui fuggire ovunque, perfino a Ullapoool se ne avevano voglia. Perfino a Londra. Sarebbe bastato viaggiare di notte.

Olga sollevò gli occhi al cielo. Sarebbe stata un'alba grigia. Sulla città gravava un'unica nuvola umida e immobile. Dietro la persiana, P e Mad, esausti, finalmente erano scivolati nel sonno. Da qualche parte, nella nebbia, le campane di una chiesa risuonarono sei rintocchi. In quell'istante, a Ullapoool, il signor Perparim Litmanen abbassò la leva azzeratrice e la grande lancetta tornò al punto di partenza. Il mondo si era rimesso in moto. La renna fiutò ancora. Conosceva benissimo quell'odore. Davanti al suo muso cadde lentamente un fiocco di neve.

Nota al testo.

La filastrocca a pagina 73 è tratta da Heinrich Hoffmann, *Pierino-Porcospino*, traduzione di Gaetano Negri, Hoepli, Milano 1969.

La citazione a pagina 158 è tratta da James Matthew Barrie, *Peter Pan*, Hodder and Stoughton, Londra 1911. La traduzione è dell'autore.

Le pagine 193 e 194 contengono citazioni da Antoine de Saint-Exupéry, *Il Piccolo Principe*, traduzione di Andrea Bajani, Einaudi, Torino 2015.

Indice

Questo libro è stampato su carta certificata FSC®
e con fibre provenienti da altre fonti controllate.

FSC
www.fsc.org
MISTO
Carta da fonti gestite
in maniera responsabile
FSC® C115118

Stampato per conto della Casa editrice Einaudi
presso ELCOGRAF S.p.A. - Stabilimento di Cles (Tn)

C.L. 22669

Edizione	Anno
3 4 5 6 7 8 9	2016 2017 2018 2019